DREAMBOOKS

DREAMBOOKS★

DREAMBOOKS★

DREAMBOOKS★

ORIENTAL FANTASY STORY & ADVENTURE

시니어 신무협 장편소설

수라전설 독룡 18 수라의 포효

초판 1쇄 인쇄 2020년 4월 10일
초판 1쇄 발행 2020년 4월 27일

지은이 시니어
발행인 오영배
편집 편집부
일러스트 eunae
본문 디자인 오정인
제작 조하늬

펴낸 곳 (주)삼양출판사 · 드림북스
주소 서울시 강북구 도봉로 173
대표 전화 02-980-2112 **팩스** 02-983-0660
편집부 전화 02-987-9393 **팩스** 02-980-2115
블로그 blog.naver.com/dreambookss
출판등록 1999년 3월 11일 제9-00046호

ISBN 979-11-283-9851-3 (04810) / 979-11-283-9448-5 (세트)

+ 이 도서의 국립중앙도서관 출판시도서목록(CIP)은 서지정보유통지원시스템홈페이지(http://seoji.nl.go.kr)와 국가자료종합목록 구축시스템(http://kolis-net.nl.go.kr)에서 이용하실 수 있습니다. (CIP제어번호 : CIP2020014057)

수라전설 독룡

18

| 수라의 포효 |

시니어 신무협 장편소설

ORIENTAL FANTASY STORY & ADVENTURE

dream books
드림북스

목 차

第一章

회자정리(會者定離)

“맞아. 그러니까…….”

망료가 갑자기 말을 줄이며 씁쓸한 표정을 지었다.

“우리가 사실 이 정도로 과거를 청산할 사이는 아니지.”

잠시 침묵하던 망료가 진자강을 쳐다보았다.

“그런데 말야.”

“…….”

“내가 이런 대접이나 받자고 이날 이때를 기다려 온 건 아니란 말이지.”

“…….”

“이왕 알고 있었다 해도 좀 더 장단을 맞춰 줄 수는 없었나? 응?"

그제야 진자강이 되물었다.

"날 위해서는 아닌 것 같고. 누굴 위해서 말입니까?"

망료는 해월 진인이 했던 것처럼 진자강의 얼굴 앞에 자신의 얼굴을 불쑥 가져다 댔다.

들숨과 날숨의 진동까지 느껴질 정도로 얼굴이 가까워졌다.

거의 코와 코를 맞댄 상태가 되었다.

진자강은 물러나지도, 거부하지도 않았다.

망료가 외눈을 진자강의 눈에 고정시키고 한참을 들여다보았다. 진자강의 얼굴과 망료의 눈은 반 뼘밖에 떨어져 있지 않았다.

망료는 비릿한 미소를 머금으며 손을 머리 뒤로 가져갔다.

"당연히 날 위해서지."

스르르, 안대가 풀렸다.

진자강이 멀게 만든 눈. 뻥 뚫린 공간에 박아 넣은 의안이 드러났다.

의안을 할 거면 왜 굳이 안대를 하였는지 그 이유가 금세 드러났다. 의안의 안쪽에서 차가운 금속성의 소리가 울렸다.

찰칵.

“네가 산통을 다 깼으니 여흥이라도 즐겨야겠다! 네놈의 눈알부터 내놓아라!”

순간 의안이 터지며 무수한 침을 쏟아 냈다.

슈아아악!

독이 없더라도 저 많은 양의 침을 근거리에서 맞으면 눈이 멀쩡할 수가 없다. 눈알을 뚫고 들어가 머리 뒤쪽까지 침이 박힌다. 고통도 고통이거니와 눈알이 죄다 터지고 뭉개져서 절대로 고칠 수 없다.

자신처럼, 진자강도 외눈이 되어 버릴 것이다!

그러나 망료는 이내 뭔가가 이상하다는 걸 깨달았다.

쿠웅!

갑자기 시야가 흔들리면서 뺨이 얼얼해졌다.

“어……?”

바닥이 수직으로 보였다.

자신의 얼굴이 땅에 박혀 있었다!

더구나 진자강이 망료의 뺨을 밟고 저 위에서 내려다보고 있었다.

그제야 사지가 뻐근한 게 느껴졌다.

의안에서 발사한 수십 발의 침은 단 한 발도 맞추지 못하고 허공으로 날아간 뒤였다.

망료는 신경질적으로 손을 휘저었다. 진자강이 뒤로 훌쩍 한 걸음을 물러났다.

망료가 벌떡 일어났다. 희번덕대는 눈으로 살기를 번뜩이며 피식 웃었다.

"아아, 그래. 괜히 해월의 후인이 아니라는 것이지? 해월에게 뭘 받았나? 영단? 무공?"

진자강이 대답했다.

"마음."

망료가 어처구니없다는 얼굴로 소리를 질렀다.

"받은 걸로 따지면 나도 해월에게 받은 게 있으니, 나야말로 해월의 후인이다!"

망료는 홍영단의 기운을 폭발적으로 끌어 올렸다. 몸 안에서 펑! 하고 진동이 울렸다. 사지백해로 홍영단의 기운이 뻗어 나갔다. 광혈천공까지 사용했다. 둘 다 몸을 치명적으로 상하게 만드는 수법이다.

일순 몇 배의 힘이 치솟았다.

콰아앙! 망료의 발밑에서 엄청난 폭발이 일었다. 막대한 내공이 끓어올라 어마어마한 위압감이 뿜어져 나왔다.

동시에 코에서 뜨끈한 피가 흘렀다.

몸이 망가진 지는 오래되었다. 해월 진인의 말처럼 아직까지 죽지 않은 게 이상할 정도다. 그러나 그것도 이미 한

계에 와 있다.

망료는 이미 죽은 거나 다름이 없다.

망료가 낄낄댔다.

"방금과는 다를 것이다. 해월이 준 힘으로 너를 죽여 주마!"

번쩍, 망료가 엄청난 속도로 날아와 진자강의 가슴을 찍었다.

쿠아앙!

"……?"

잠깐 시야가 명멸했다고 생각한 순간, 망료는 또다시 바닥에 뺨을 붙이고 있었다. 이번엔 달려든 속도만큼 강하게 부딪쳐서 광대뼈와 함께 한쪽 이빨이 전부 부러져 버렸다.

입과 코에서 피가 줄줄줄 흘러나왔다.

망료는 고개를 털며 일어나다가 비틀거렸다.

"뭐, 뭐야 이게……."

홍영단과 광혈천공의 내공을 동시에 썼는데 아무것도 못했다?

망료가 소리 지르며 다시 달려들었다.

"뭐냐 이게—!"

망료는 손톱을 세우고 진자강의 목을 쥐어뜯으려 했다. 진자강이 손등을 마주 붙였다. 첨련점수로 손등을 쭉 당겼다가 반대로 저어 손목을 꺾어서 단번에 망료의 힘을 분쇄해 버렸다.

망료가 대경하여 왼손으로 진자강의 눈을 찔렀다. 진자강은 고개를 숙이는 것만으로 망료의 눈 찌르기를 파훼했다.

망료는 바로 손목을 돌려 진자강의 머리카락을 움켜쥐었다.

끝났다! 망료는 진자강의 머리를 누르며 의족으로 올려 찼다. 의족의 무릎 쪽에는 당가의 것만큼 정교하진 않지만 장치가 되어 있다. 얼굴을 찍는 순간 비수가 튀어나와 진자강의 얼굴을 뚫을 것이다.

순간 진자강이 올라오는 의족을 손가락으로 짚었다.

와지끈!

의족이 그대로 터져 나갔다.

망료는 반대쪽 의족을 올려 찼다. 한데 올려 차는 다리가 허전했다.

아무것도 딸려 오지 않았다.

의족이 잘려 있었다. 수 조각으로 잘려 떨어지고 있었다. 비수가 장치된 부분이 바닥에 떨어져 있어서 당연히 비수도 나오지 않았다.

망료는 기분이 섬뜩해져서 아래를 내려다보았다. 진자강

이 눈을 치켜뜨고 망료를 올려 보고 있었다.

놀란 망료가 머리카락을 꽉 움켜쥐고 틀어서 진자강을 제압하려 했다. 하지만 손이 움직이지 않았다.

휘리릭!

가느다란 실이 어깨와 팔을 휘감았다.

"언제!"

부웅! 망료의 몸이 들렸다. 그러곤 진자강의 머리 위로 메쳐져서 바닥에 처박혔다.

콰앙.

망료는 옴짝달싹할 수가 없었다. 양발의 의족은 언제인지 싹둑 잘려 버렸고 온몸은 가느다란 실에 묶여 있다.

눈만 멀뚱하다. 도대체 지금 무슨 일이 벌어진 것인가.

진자강은 수라혈도 쓰지 않았다. 제대로 된 합을 주고받은 것도 아니다. 그런데 꽁꽁 묶여서 꼼짝도 못 한다.

"크으윽. 이, 이것 놓지 못해? 어, 어떻게…… 어떻게 네 놈이……!"

망료는 이를 갈며 진자강을 쳐다보았다.

진자강의 눈빛은 아주 평온했다.

거북했다. 물론 예전에도 눈을 파 버리고 싶을 만큼 진자강은 아주 짜증 나고 반항적인 눈빛을 갖고 있었다.

그런데 지금은 그때보다 더하다.

굳이 말하자면, 그건 마치 진자강이 아무것도 아닌 존재를 바라보는 듯한 눈빛이었다.

망료에게 있어 그것만큼은 참을 수가 없었다.

"내가 미울 텐데, 응? 속으로는 튀겨 죽이고 싶어 안달이 나 있을 텐데? 응?"

망료가 다그치자 그제야 진자강이 마지못한 듯 대꾸했다.

"당연하잖습니까."

망료가 진자강의 얼굴에 침까지 튀기며 소리를 질렀다.

"그런데 왜 그런 같잖다는 눈빛으로 사람을 보고 있어!"

"그리 보입니까?"

"누가 봐도 그렇게 보이잖아!"

진자강이 망료를 빤히 보며 냉담하게 말을 내뱉었다.

"당신에게 그렇게 보이든 말든 내가 알 게 뭡니까."

망료의 얼굴이 일그러졌다.

말투는 예전의 진자강 그대로다.

성격은 변하지 않았다.

그런데 그릇이 변했다. 그릇의 크기가 달라졌다.

자신을 꽁꽁 묶어 놓고 있는데도 보는 진자강의 눈에 큰 감정의 격류가 보이지 않았다.

동요하지 않고 있는 것이다.

통상적인 분노의 감정은 보이지만, 그게 전부다.

고수의 평정심.

진자강은 자신의 생각보다 훨씬 더 큰 고수가 되었다.

"푸훗…… 흐흐흐흐."

망료는 전신이 수라경에 결박된 채로 미친 듯 웃었다.

그러다가 진자강을 비웃었다.

"뭐냐, 너. 그러고 보니 해월이 뒈지기 전에 그러더구나. 자기보다 독한 놈이 후인이라고. 그래서 믿고 죽을 수 있다나?"

해월 진인의 죽음에 대한 이야기가 나오자 진자강의 눈썹이 아주 살짝 움찔했다.

"그래서 내가 어떻게 했게? 쇠꼬챙이로 배를 쑤셔 줬다. 내장이 줄줄 흘러나올 때까지."

망료가 배까지 잡고 킬킬 웃었다. 그제야 눈이 일그러지며 표정의 변화를 드러낸 진자강을 보란 듯 조롱했다.

"해월이 잘못했네. 독한 놈이라더니 어디서 부처가 오셨어, 부처가. 이리 물러서야 해월의 복수라도 해 줄 수 있을까 모르겠구나!"

"진인께서 복수해 달라고 하셨습니까?"

"아니."

"아닌데 뭐가 문젭니까?"

망료의 입술이 비틀렸다.

"인내심이 아주 대단하셔? 자비가 넘치십니다? 내가 살려 달라고 구걸이라도 하면 들어줄 것 같은 얼굴이야?"

진자강이 단박에 잘라 말했다.

"아니. 그건 안 됩니다. 당신은 백화절곡의 원수니까."

망료가 풋 하고 웃으며 빈정거렸다.

"어이쿠, 그러십니까?"

마침내 진자강이 살기를 품었다.

진자강이 조용히 말했다.

"내 어머니, 외할아버지. 그리고 백화절곡의 모든 문도들에게, 운남 독문의 마지막 생존자인 이자의 목을 바칩니다. 부디 영면하시기를."

망료는 소름이 끼쳤다.

"뭐라고? 뭐라고 지껄이는 거냐, 이 개 같은 놈이!"

망료는 눈알이 벌게져서 되는 대로 소리를 질러 댔다.

"아직 할 말이 남았단 말이다! 망할 새끼야! 나를 감히 이렇게 취급해?"

망료가 마구 욕설을 내뱉으며 진자강을 욕했다.

"너를 천 갈래 만 갈래로 찢어 죽이겠다! 눈을 뽑아 새들에게 던져 주겠다! 뼈를 갈고 내장으로 젓을 담가 안주로 삼아 주마!"

진자강이 조용히 말했다.

"망료."

순간 분위기가 한 번에 달라졌다.

"죽어라."

진자강이 차갑게 말을 내뱉었다. 망료의 몸을 수라경이 서서히 조여 왔다. 망료의 전신에 혈선이 생겼다.

그때, 입이 찢어진 심학이 소리 질렀다.

"그, 그만두시오! 망 고문이 제때 돌아가지 못하면 소금을 실은 배들이 출발할 거요!"

물론 그의 말은 자신도 살아서 돌아가지 못한다는 뜻을 포함하고 있으리라.

하나 망료는 더 발악했다.

"어디 죽여 봐라! 하지만 그 뒤에 무슨 일이 벌어질지는 알고 있지? 너의 모든 것이 너의 잘못으로 인해 사라진다. 네 손으로 네가 이룬 것들을 파멸시키는 거다! 킬킬킬!"

수라경에 한껏 내공이 깃들어 부르르 떨렸다.

심학이 찢어진 뺨을 잡고 울먹이며 소리쳤다.

"망료는 원래부터 여기에 죽으러 왔소! 그를 죽이는 건 그가 원하는 대로 해 주는 거외다!"

심학은 울면서 애절하게 말했다.

"저자는 여기에 오기 위해 반나절을 치장했소이다. 그러곤 타고 온 가마마저 돌려보냈소. 애초에 진 대협의 손에 죽으러 온 거란 말이외다!"

죽으러 왔다고?

킬킬킬킬.

이제 망료는 속내를 감추지 않았다. 그럴 필요가 없었다.

"네놈의 눈치가 빨라서 무릎 꿇고 애원하는 꼴은 보지 못하게 되었다만, 그래도 상관없겠지. 저 머저리 같은 놈의 말이 맞다. 나는……."

망료가 말했다.

"네가 내 모든 것을 앗아간 날. 나는 결심했다. 네놈을 세상에서 가장 비참하게 만들기로. 그런데 네놈은 너무 가진 게 없어서 도무지 비참하게 만들 수가 없었지. 고문을 해도, 팔다리를 잘라도 눈 하나 깜짝 안 할 놈이라는 거야 내가 더 잘 알았고……."

진자강이 망료를 빤히 내려다보았다.

"그래서?"

"그래서 너를 키워 줬다. 성공할 수 있도록 조력자로서 도왔다. 복수도 하고 무공도 강해지도록 도와줬지. 그래서 네놈이 아주 높은 곳에 오르길 기다렸다. 많은 걸 가질 때까지."

망료가 외눈을 희번덕거렸다.

"너는 이제 누구보다 많은 걸 가졌다. 자아, 그런데 그걸 다 버리고서라도 나를 죽일 수 있을까? 정말? 네 손으로 나를 죽이고 다시 아무것도 없던 때로 돌아갈 수 있을까?"

진자강은 더 힘을 쓰지 않고 가만히 망료를 보았다.

망료는 준비가 되었다.

진자강이 고뇌하는 모습을 볼 준비가 되었다.

그 모습에 희열을 느낄 준비가 되었다.

"하지만 네 말처럼 우린 그런 사이가 아니잖아? 응? 그냥 죽여. 네 손으로 네 미래를 모두 부숴 버리는 거야. 응?"

언뜻, 망료의 목소리는 간절하기까지 했다.

온몸의 혈선에서 실 같은 피가 흘렀다. 전신을 얇게 칼로 저민 것처럼 아파 왔지만 그런 것쯤 아무런 문제가 되지 않았다.

망료가 소리 질렀다.

어서 나를 죽이고 자멸(自滅)해 버리라고 이 멍청한 놈아!

진자강은…….

갑자기 웃음을 참을 수 없는 듯한 눈빛이 되었다.
단지 눈빛뿐이었다.
그러나 망료는 진자강이 무슨 생각인지 알 것 같았다.
저 망할 놈이 눈빛으로 말하고 있었다.

뭐야아, 겨우 그런 이유였어?

망료의 예상이 들어맞았다는 듯, 망료의 몸을 감싸고 있던 수라경의 실들이 풀려나갔다.
휘리릭!
"……뭐?"
망료는 멍했다. 얼떨떨했다.
갑자기 결박이 풀리고 자유의 몸이 되었다.
하지만 그건 망료의 기대와는 정반대되는 것이었다. 기대는 산산이 무너지고, 희열을 느낄 준비가 되어 있던 몸은 차갑게 식었다.
"뭐야. 뭐…… 하는 거냐, 너?"
진자강이 되물었다.
"보고 싶습니까?"
망료는 자신의 귀를 의심했다.
"뭐라고?"

"내가 무얼 할지 보고 싶습니까? 나는 지금부터 소금 선단을 박살 내러 갈 겁니다."

"네가? 네가 혼자서 해월도 못 한 일을 하겠다고?"

"할 수 있는지 없는지 어디 봅시다. 내 생각에는 할 수 있을 것 같은데."

망료는 진자강의 허세를 반박하고 싶었다.

그러나, 쉽게 말이 나오지 않았다.

조금 전 망료는 홍영단과 광혈천공의 힘을 모두 끌어 썼음에도 진자강을 건드리지조차 못했다.

진자강은 엄청난 고수가 되어 있었다. 게다가 원래부터가 치밀한 놈이다.

이렇게 자신만만하게 나올 때에는 이유가 있다.

혹시나?

이미 대비가 되어 있었나?

해월 진인이 자신만만하게 말했을 정도라면!

진자강이 망료의 눈빛에 서린 의혹을 보고 말했다.

"왜? 내가 할 수 있을까 봐 겁이 납니까? 당신의 의도대로 되지 않을까 봐?"

빠드득, 망료가 이를 갈았다.

"네놈이 뒷감당을 할 수 있을까!"

"내가 알아서 할 테니 신경 쓰지 마십시오."

망료의 턱과 이마에 핏대가 솟았다.

"오냐. 그럼 어디 해 봐라. 네놈은 결국 혼자 발버둥 치다 개처럼 죽을 거다. 해월도 그렇게 죽었다. 외롭고 쓸쓸하게. 오명을 쓰고 악명을 뒤덮고 그렇게 죽어라. 그게 네게 걸맞은 죽음이다."

그때.

당가대원의 정문에서 소리가 들려왔다.

"아니. 그런 일은 없소이다. 독룡은 외로운 싸움을 하지 않을 것이오."

복천 도장의 목소리였다.

복천 도장은 물론이고 그 뒤에 당가 대원에 있던 진자강의 지인들이 하나둘 모두 나타났다.

편복이 목발을 짚고 절뚝절뚝 걸어 나와 가래침을 뱉었다.

"에라이, 어떤 미친놈이 해월 진인을 죽였다고 고래고래 소리를 지르기에 무슨 일인가 했더만, 그게 저 망료란 놈이었어?"

검후 임이언이 말했다.

"저런 자가 대협객이라니. 강호의 소문은 믿을 바가 되지 못하는군."

운정도 한마디를 거들었다.

"독룡 도우는 혼자가 아닙니다! 그렇죠?"

복천 도장이 머쓱해하는 운정의 머리를 쓰다듬으며 말했다.

"그렇다네. 이건 자네 혼자의 일이 아닐세. 강호에서 살아가는 모두의 의무일세."

말을 하지 못하는 손비와 소소조차도 뒤에서 손을 꽉 쥐고 자신들도 같은 마음임을 보였다.

편복이 인상을 쓰고 망료를 보며 말했다.

"그런 자와 더 상대할 필요 없어. 단숨에 베어 버리고 그놈의 소금 배인지 뭔지로 함께 가세. 좀 전에 전서구로도 연락이 왔네. 아미파와 독문 사벌도 함께하겠다고. 빈의관도 전향했어."

뭐?

망료의 입술이 비틀렸다.

지금 이놈을 믿고 모두 죽으러 가겠다고?

망료가 이가 부러지고 피가 줄줄 배어나는 입으로 그들을 조롱했다.

"하하하! 하하하하! 믿을 놈이 따로 있지! 어떻게 이런 놈을 믿고 목숨을 맡긴단 말이냐!"

하지만 망료의 말에 동요하는 이는 한 명도 없었다.

망료가 어이없어하며 진자강을 쳐다보았다.

진자강의 눈에 지금껏 보지 못했던 감정이 보였다. 저들의 눈에 있는 것과 똑같은 신뢰감.

의지.

망료의 눈빛이 흔들렸다.

"뭐야…… 지금 그게 다 뭐야. 떠돌이 늑대 같던 놈이 왜 그런 온순한 눈빛을 하고 있어? 지금 장난하는 거야?"

진자강은 망료에게 눈길도 주지 않고 대답했다.

"죽는 순간까지 나를 걱정했던 어머니. 당신의 목숨을 돌보지 않고 나를 보살펴 준 외할아버지. 나 대신 죽어 갔던 약왕문의 부문주 용명 대협과 문도분들. 갱도에 갇혔을 때, 젊은 사람들을 위해 먹을 것을 양보하고 죽어 갔던 약문의 노인분들. 독곡의 공사 현장에서 내게 일상의 소중함을 일깨워 준 장 공두와 가족들."

"뭐?"

"지금까지 만난 모든 사람들이 지금의 나를 만들었습니다. 나는 혼자 여기까지 온 게 아닙니다."

망료가 한껏 입을 벌리고 비웃었다.

"웃기고 있네. 그리고 뭐? 일상? 네놈에게 일상 같은 게 어디 있어! 우리 같은 놈들에게는 하루라도 물어뜯지 않으면 살 수 없는 피비린내 나는 지옥이 어울려!"

"망료."

진자강이 망료를 불렀다.

"내가 당신을 죽여도, 아무것도 변하지 않습니다. 알겠습니까?"

"헛소리 마! 그럴 리가 없어!"

망료가 비틀린 얼굴로 조소했다.

"네놈 지금 나를 놀리는 게지? 아암, 그렇지. 그게 아니고서야 말이 안 돼. 지금껏 쌓아 온 것들이 다 날아가기 직전인데 네놈처럼 태평한 표정을 지을 수 있을 리가 없어."

창고에 만금의 재물을 쌓아 놓으면 도둑맞을까 밤에도 잠이 오지 않는 게 사람이 아니던가.

하지만 이제 진자강은 대꾸도 하지 않았다.

망료가 악을 썼다.

"내가 편하고 쉬운 방법을 가르쳐 줬잖아! 내게 굴복하기만 하면 지킬 수 있게 된다고!"

진자강이 살짝이 미소 지었다.

그건 망료가 가장 보고 싶지 않은 진자강의 표정이었다.

망료는 머리를 한 대 얻어맞은 것 같은 기분이 들었다.

아닌데?

내가 생각하던 게 아닌데?

물론 진자강이 망료를 쳐다보고 웃는 건 아니었다.

망료는 진자강의 시선을 따라 자신의 눈을 돌렸다.

불룩한 배를 안고 당하란이 나와 있다.

진자강이 미소로 말하고 있었다.

보입니까? 이게 내가 당신을 죽이는 데 있어 더 이상 흔들리지 않는 이유입니다.

망료는 고통스러워졌다.

육체의 고통보다도 무너지지 않은 진자강의 모습을 보는 게 더 망료를 고통스럽게 했다.

결국 성공하지 못할 거였다면, 지금껏 자신은 도대체 무엇을 위해 십 년을 기다려 왔던 것인가!

이 험하고 지겨운 세상에서.

나는 혼잔데.

왜 이놈은 이렇게 행복한가.

망료는 절규했다.

행복……!

행복해하지 마라, 이 새끼야!

행복이 아니라 절망을 하란 말이다!

그 눈으로 나를 보며 증오를 불태우라고!

"크아아아아아!"

망료는 참을 수 없이 괴로웠다.

진자강이 자신을 살려 둔 이유를 깨달았다.

저 모습을 자신에게 보이려고!

정말로 소금 선단을 박살 내고, 망료가 아무것도 아니라는 걸 증명하려고!

순간 망료는 남은 힘을 다해 바닥을 굴렀다.

바닥에 떨어진 비수를 집어 들고 진자강과 거리를 벌렸다.

그러곤 자신의 심장에 비수를 가져다 댔다.

"나한테 보고 싶냐고 물었더랬냐? 네가 할 수 있는지 없는지?"

망료가 미친놈처럼 살기를 뿜으며 진자강을 쳐다보고 웃었다.

그러더니 웃음을 뚝 그치고 이를 씹으며 말했다.

안 봐, 이 새끼야.

진자강은 행복해하고, 자신은 불행한 채로 죽는다.

그러나 진자강은 자신의 말을 증명할 기회가 없을 것이다.

보지 않을 테니까.

망료는 입이 찢어져라 웃으면서 자신의 심장에 비수를 찔러 넣었다.

"네놈 앞길엔 나락뿐이다!"

푸욱, 비수가 늑골과 명치 아래를 뚫고 한 치가량 들어간 순간.

진자강의 한 손이 망료를 향했다.

번쩍!

수라경이 빛살보다도 빠르게 튀어나와 다섯 개의 직선이 되어 망료의 몸을 꿰뚫었다.

"……."

망료의 몸이 굳었다. 수라경의 가느다란 실이 꼬치가 되어 망료의 몸을 관통해 있었다. 손가락과 손목, 팔뚝과 팔꿈치, 몸통을 다발로 꿰어 움직이지가 않았다.

"으으윽!"

망료는 어떻게든 움직여 빠져나가려 했지만, 자신의 팔과 몸을 관통한 수라경이 바닥까지 뚫고 들어가 단단히 고정되어 있어서 움직일 수 없었다.

망료가 눈알을 굴려 진자강을 쳐다보았다.

빠드득! 빠드드득!

부러지거나 반쯤 빠져 있던 이들이 죄다 갈려서 핏물과 함께 흘러나왔다.

"으아아아!"

망료가 온 힘을 다해 몸을 비틀었다. 관통한 수라경의 실에 근육이 찢어지고 뼈가 뒤틀렸다. 그러나 개의치 않고 비수를 자신의 심장에 박아 넣으려 했다.

진자강의 반대쪽 팔이 움직였다.

핑!

동시에 비수를 쥔 망료의 오른손이 날아갔다. 망료가 왼손으로 잘린 오른손을 잡아챘다. 그리고 그 상태로 자결하려 했다.

피잉!

한 줄기 곡선이 왼손도 날려 버렸다. 망료는 입으로 비수를 물었다.

진자강이 수라경으로 비수를 잘라 버렸다. 싸악! 비수 자체가 토막토막 잘려 나갔다.

와지직! 망료는 비수가 아닌 허공을 깨물고 말았다. 어찌나 세게 물었는지 턱이 어긋나고 부러진 이가 반대쪽 잇몸에 틀어박혔다.

망료가 위턱과 아래턱이 뭉개져 붙은 얼굴로 부르짖었다.

"으으허어어어!"

그리고 마침내, 진자강의 수라경이 공간을 양단했다.

진자강은 아무런 말도, 기합도 내지 않았다.

그저 인상을 쓰고 어금니를 문 채 수라경을 튕겼을 뿐이었다.

망료의 목이 허공으로 떠올라 빙글빙글 돌았다.

진자강은 망료의 목을 낚아채어 들었다.

망료는 매우 비참하고 괴로운 표정을 짓고 있었다. 그런 표정을 지은 채로 죽었다.

더 이상 표현하기 어려울 정도로 인세의 괴로움을 모두 짊어진 얼굴이었다.

진자강은 잠시 망료의 머리를 든 채 그 얼굴을 바라보았다.

드디어 망료를 죽였다.

진자강의 얼굴에도 복잡한 심정들이 배어났다.

진자강이라고 어찌 감회(感懷)가 없을 수 있으랴.

하지만 망료의 앞에선 최대한 드러내고 싶지 않았다. 망료가 당가대원에 나타나 해월 진인을 죽였다고 외칠 때부터 무엇을 원하는지 알았으니까.

당하란이 소소의 부축을 받으며 다가왔다.

당하란은 서슴없이 진자강에게서 망료의 머리를 가져갔다.

그러곤 진자강과 눈을 마주쳤다.

진자강은 고개를 끄덕였다.

진자강은 운남 백화절곡이 있던 방향을 향하여 절을 했다.

망배(望拜).

진자강이 절을 마치자, 당하란이 망료의 머리를 북쪽을 향해 두었다.

편복이 황급히 달려와 허리춤에 있던 술병을 망료의 머리 앞에 내려놓았다.

소소가 옆에서 당하란을 잡아 주었다.

진자강과 당하란이 동시에 절을 했다.

계수 재배(稽首 再拜), 숙배 사배(肅拜 四拜).

고개를 바닥에 숙인 진자강의 어깨가 가볍게 떨렸다.

비록 운남의 백화절곡과 관계가 없는 이들이라 할지라도, 지금의 엄숙한 제례에 함께 고개를 숙이지 않을 수 없었다.

그 중간에…….

은근슬쩍 끼어든 자가 있었다.

진자강과 당하란의 뒤에서 쉴 새 없이 절을 하며 백배를 올리고 축원을 읊었다.

"유세차 임진년이 칠월에 어쩌구…… 중원의 심가가 감히 먼 운남의 백화절곡 고인들에게 고합니다…… 중얼중얼…… 올해도 해가 바뀌어…… 은혜가 한없이 넓어 다함이 없고…… 여차저차하여 맑은 술과 원수의 목을 올리니, 부디 절절하게 맺힌 원을 푸시기를 바라며……."

심학이었다.

어찌나 열심히 절을 하는지 옆에서 보면 아비를 잃은 자식 같았다.

복천 도장은 이미 심학이 하는 꼴을 보고 있었지만 진자강이 절을 끝낼 때까지 심학을 내버려 두었다.

그러나 절이 끝나자마자 심학의 뒷덜미를 잡고 바로 끌어냈다.

"흐아악! 살려 주십쇼, 살려 주십쇼! 저는 아무것도 모르고 망료란 자에게 끌려왔을 뿐입니다!"

복천 도장이 차갑게 말했다.

"아무것도 모른다고 하기엔, 아까 보니 이번 일에 대해 꽤 많이 알고 있더군. 축원을 읊을 때에도 독룡의 과거를 잘 알고 있었던 듯하고."

"아니! 막 주절거린 걸 다 듣고 계셨소이까? 그걸 왜 듣고 계시오?"

편복이 심학을 보고 고개를 갸웃거리다가 말했다.

"거 찢어진 입 좀 가려 보쇼. 어디서 본 거 같은데."

심학이 손으로 볼을 가리고 울면서 애원했다.

"나를 알면 좀 살려 주시오. 나는 무림의 일에 아무 관계 없는 그냥 옹망추니 같은 자올시다. 나는 아직도 내가 왜 여기에 있어야 하는지도 모른단 말이오."

“아아, 가리니까 기억나네. 당신 예전에 영파상인에서 일했던 회계 담당자 아니쇼?”

“맞소! 그냥 보잘것없는 상인 출신의 밑바닥 인생이올시다. 그러니 나를 죽여 봐야 도사님과 대협들의 손만 더러워질 뿐이오.”

편복이 말했다.

“맞아 맞아. 왜 기억이 나는가 했더니. 내가 부적을 써 준 적이 있었어. 하도 가격을 깎고 깎고 또 깎아 가지고 내가 열 받아서 똥물을 찍어 부적을 그려 줬거든.”

심학의 얼굴이 비굴하게 일그러졌다.

“그, 그, 그래서 부적에서 냄새가 났었구려.”

“그거 베개 밑에 보관하라고 했는데 잘 갖고 있소? 영험한 부적이오. 딱 십 전짜리만큼 영험하지.”

“냄새난다고 마누라가 버렸소. 서운해하지 마시고 아는 얼굴인데 나 좀 살려 주시오. 나, 나중에 보상은 내가 아주 잘 챙겨서…….”

“근데 왜 부적을 써 줬었더라? 뭔가 잘되라고 써 줬던 것 같은데.”

편복이 턱을 긁으며 짐짓 기억하려 애쓰자 심학의 표정이 굳었다.

“그래 그래, 생각나는군. 어디 가문의 모사꾼으로 들어간다고…… 그래서 잘되게 해 달라고 부적을 쓴 거였는데……?"

복천 도장이 차갑게 말을 내뱉었다.

"백리가의 모사로 들어갔군."

편복이 씨익 웃었다. 알고도 일부러 모른 척 심학의 심기를 긁었던 것이다.

"그렇소이다. 금강천검의 제일 심복이 바로 저자, 심학이오."

임이언이 말했다.

"금강천검의 심복이라면 이번 일에도 크게 관여하였을 터, 살려 보내지 않는 게 좋겠네."

심학은 입맛을 다시더니 깊은 한숨을 내쉬었다.

"후."

갑자기 비굴했던 심학의 표정이 변했다. 심학은 서늘한 눈으로 진자강들을 노려보았다. 편복이 놀라서 움찔할 정도였다.

심학이 피시식 웃었다.

그러다 갑자기 찢어진 입을 붙들고 바둥거렸다.

"으아악! 아파! 저 망할 놈 때문에 마음대로 웃지도 못하겠네, 이 빌어먹을!"

심학은 찢어진 뺨을 붙들고 죽은 망료의 머리 쪽으로 피가 섞인 침을 뱉었다.

"처음부터 마음에 안 들더니, 결국 너 때문에 생각도 못 한 곳에서 개죽음이나 당하게 생겼구나!"

심학은 끙끙거리면서도 이를 악물고 말했다.

"너희들이 막을 수 있을 것 같지? 못 막아! 이제 진짜로 세상이 뒤집어지는 걸 보게 될 거다."

편복이 혀를 찼다.

"응. 그래. 그런데 넌 오늘 죽을 거야. 그러니까 부적값 제대로 주지 그랬어. 그랬으면 내가 당신을 기억할 리도 없잖아, 이 옹생원아."

심학이 갑자기 허리띠를 잡고 당겼다. 편복이 목발을 짚고 달려가서는 거침없이 심학의 가슴을 단도로 찔러 버렸다.

"우아아악! 으악! 으아아악!"

심학은 마구 비명을 지르며 눈물을 흘렸다.

푸쉬시시싯!

심학의 몸에서 검붉은 연기가 피어오르기 시작했다. 품에 신호탄을 장치한 모양이었다.

"이런!"

이미 연기를 막기엔 늦었다.

화가 난 편복이 거푸 단도를 찔렀다.

"으아악!"
심학이 피가 밴 이를 악물었다.
"이…… 이이…… 나쁜 새끼들. 너희들도 곧 다 죽을 거야."
심학은 곧 편복의 팔을 잡고 앞으로 쓰러져 죽었다. 그러나 몸에서는 여전히 연기를 뿜고 있었다.
편복이 연기를 내뿜는 죽통을 꺼내 흙 속에 묻어 버렸다.
"같은 패거리에게 연락을 취한 모양이군."
복천 도장이 진자강을 쳐다보았다.
"어떻게 할 셈인가."
"가야지요."
진자강이 당하란을 쳐다보았다.
"걱정하지 마. 당신 올 때까지 이 아이는 꼭 지켜 낼 테니까."
진자강은 고개를 끄덕였다.
임이언은 내상이 있어 함께 움직일 수 없었다.
대신 손비가 나섰다. 편복이 말리려 했다.
"해월 진인도 실패한 위험한 일인데, 괜찮겠나?"
임이언이 진자강에게 말했다.
"떠나기 전에, 잠깐 해 두고 싶은 말이 있네."
"하십시오."

"우리가 당가대원으로 오고 있다가 변을 당했다는 걸 들었을 걸세."

"그렇습니다."

"왜인지 아는가?"

사실은 그게 궁금했다. 왜 임이언과 손비가 당가대원으로 오던 중이었을까?

"자네를 찾아오고 있었네. 독룡."

진자강은 대답을 하지 않았다. 왜냐고 묻지 않았다.

손비가 부끄러워하며 얼굴을 붉혔다.

임이언이 당하란을 쳐다보더니, 눈짓으로 목례하듯 살짝 숙였다.

"부인에게는 미안하게 생각하고 있네만."

당하란이 냉정하게 대답했다.

"미안하게 생각하였다면 이곳으로 오지 않으셨어야지요."

당하란은 이미 임이언과 손비가 왜 왔는지 알아채고 있었다.

임이언이 한숨을 쉬었다.

"객잔에서의 일 이후, 많은 고민을 했네. 내 제자에게 굳이 나와 같은 길을 강요하여야 하는가. 아니, 설사 그렇지 않다 하더라도…… 나처럼 평생 수절을 하더라도, 하다못해 마음에 품은 사람의 아이 정도는 갖게 해 주고 싶었네."

당하란이 딱 잘라 말했다.

"불가능한 일입니다. 당가의 여인은 타인에게 신랑을 빌려 주지 않습니다."

손비가 황망하게 달려와 당하란의 손을 잡았다. 그러곤 당하란의 눈을 바라보며 고개를 저었다.

그런 게 아니라고.

미안하다고. 자신은 여기에 올 게 아니었다고.

말을 할 순 없지만 표정으로 그렇게 말하고 있었다.

당하란이 말했다.

"손 소저. 어떤 표정을 지어도 소저가 이미 이곳에 온 이상 변명은 의미가 없어."

당하란은 손비의 손을 밀어내고 여럿을 보았다. 물론 거기에는 영귀 또한 포함되어 있었다.

"모두들 들어 두세요. 내 남편은 한 여자가 품기엔 그릇이 너무 큰 사람입니다. 나는 그이를 독점하려 들지 않을 것입니다. 하나 당가는 그의 처가이고 내가 그의 부인이라는 건 변하지 않습니다. 알겠습니까?"

임이언의 눈썹이 살짝 떨렸다.

"그 말은…… 허락하겠다는 뜻으로 들어도 되겠는가?"

"내가 허락하는 것이 아닙니다. 선택은 제 남편이 하는 것입니다."

모두의 눈이 진자강에게 쏠렸다.

예전 같으면 진자강은 부끄러워했을지도 몰랐다. 그러나 진자강은 당하란에게 결여에 대한 화두를 들은 이후 생각이 더 깊어졌다. 결여된 서로가 서로에게 끌린 것은 진자강의 잘못이 아니다. 그리고 그것은 어쩌면 진자강의 책임이기도 하다.

당하란이 진자강에게 말했다.

"당신의 업보는 당신이 책임져."

진자강은 조용히 고개를 끄덕였다.

손비가 눈물을 글썽거렸다.

"와아……."

운정이 지켜보고 있다가 중얼거렸다.

"빙봉 손 소저까지 독룡 도우를 죽이려고 한 줄은 몰랐는데."

다들 무슨 뚱딴지같은 소리냐고 운정을 쳐다보았다.

운정이 말했다.

"모르셨어요? 독룡 도우를 죽이려고 한 소저들은 전부 독룡 도우에게 반해서…… 얼마 전에 영귀 소저도……."

영귀의 얼굴이 벌겋게 되었다. 손비와 영귀의 눈빛이 서로 마주쳤다. 영귀는 자기도 모르게 입술을 꾹 물었다. 복잡한 감정들이 교차했다.

소소가 운정의 엉덩이를 뻥 하고 걷어찼다.

편복이 놀렸다.

"독룡은 그렇다 치고 운정 도사도 죽이려고 하는 사람이 생겼구먼?"

소소가 얼굴이 빨개져서 씩씩거리며 편복을 쳐다보았다.

편복이 은근슬쩍 복천 도장에게 물었다.

"청성파 도사들은 혼인을 안 하오?"

복천 도장이 수염을 쓰다듬으며 말했다.

"꼭 혼인을 금지하는 건 아니외다. 다만, 수행 중에 한눈을 팔면 엄한 매로 다스리곤 하는 것이오."

운정의 얼굴이 경직되었다.

"사부니이이임!"

편복이 껄껄대고 웃었다. 복천 도장도 웃음을 참지 못하고 엄한 얼굴에 약간의 미소를 머금었다.

당하란이 진자강을 잡았다.

"그리고."

당하란이 웃으면서 말했다.

"객잔에서 무슨 일이 있었는지는…… 다녀와서 잘 들을게? 그러니 꼭 일을 잘 마치고 돌아와야 해?"

진자강은 아무 말도 못 했다. 말을 하지 않은 게 아니라 정말로 못했다.

편복이 이를 바라보며 혀를 찼다.

"쯧쯧쯧. 벌써부터 꽉 잡혀 사는 거 봐라. 저래서 어찌 삼처사첩을 거느리려고……."

당하란이 편복을 노려보았다. 편복이 딴청을 피웠다.

"자자, 얼른들 가시오. 얼른들!"

마침내 진자강이 떠났다.

그러나 진자강은 혼자가 아니다. 바로 곁에 복천 도장과 손비가 함께하고 있었다. 뿐만 아니라 청성파와 독문 사벌도 차례로 합류할 테고, 무엇보다 아미파도 든든하게 힘을 더해 줄 것이다.

진자강들이 떠난 뒤 얼마 되지 않아서였다.

당하란이 살짝 신음 소리를 냈다.

"윽."

발목을 타고 물이 흘렀다.

때맞춰 양수가 터진 것이다.

소소가 급히 부축했다.

임이언도 반대쪽에서 당하란을 잡아 주었다.

"어서 안으로 들어가시게!"

편복이 목발을 짚고 안으로 먼저 들어갔다.

"내가 먼저 가서 준비해 놓으라 이르겠소이다!"

그럴 필요도 없이 금세 시비가 모습을 드러냈다.

"가주님의 명으로 출산 준비를 해 두었습니다. 안내하겠습니다."

"어서 갑시다, 어서."

편복이 독촉했다. 그러나 시비를 따라가던 중 임이언의 눈빛이 변했다. 임이언이 낮게 말했다.

"뭔가 이상하구려."

"뭐가 말이오?"

운정도 걸음을 멈추곤 눈을 크게 뜨며 좌우를 살폈다.

"뭔가 분위기가 이상해요. 말로는 표현하기 어렵지만 아까 나올 때와는 달라진 것 같아요……? 길도 다르고……."

분위기가 어딘가 너무 적막해진 기분이 들었다.

쨍!

임이언의 검이 시비의 목을 겨누었다.

"우릴 어디로 데리고 가느냐."

시비가 돌아보았다. 검이 목에 닿아 있는데도 두려워하지 않았다.

시비는 가주의 징표나 다름없는 인장을 꺼내 들었다.

"아직은 아무 일도 없습니다. 가주님을 믿고 따라오십시오. 안전한 장소로 모시겠습니다."

"안전한 장소?"

편복의 눈이 휘둥그레졌다.

"아무래도 무슨 일이 생기려는 모양이군. 차라리 독룡을 다시 불러오는 게 좋겠소. 지금이라면 금세 따라잡을 수 있을 거요!"

하지만 당하란이 편복의 소매를 잡았다.

"아니, 그러지 마세요. 지금 그이를 혼란스럽게 해서는 안 됩니다."

당하란은 진통 때문에 고통스러워 이를 꾹 물었다. 하나 그러면서도 당당한 목소리로 말했다.

"이제부터는 내가 감당해야 할 일이에요."

第二章

금리도천파(金鯉倒千波)

복천 도장이 경공이 부족한 진자강을 인도했다.

복천 도장의 경공술은 굉장히 고매하여 손을 잡은 것만으로 진자강을 안정적으로 받쳐 줄 수 있었다.

진자강은 이미 다리의 혈도가 모두 정상적으로 뚫려 있어서 내공을 쓰는 데 불편함이 없었다. 하나 평소에 부러졌던 왼발보다 멀쩡한 오른발에 과하게 힘을 주는 습관이 있어 몸의 균형이 잘 맞지 않았다.

그런 미세한 습관이 걸음에 영향을 미쳐 자꾸만 넘어지곤 하였던 것이다.

"조급한 마음에 빠르게 달리고자 하지 말게나. 힘을 빼고 몸을 최대한 가볍게 하여 최소의 내공으로 아주 먼 거리까지 달려야 한다 생각하게."

진자강은 몇 번이고 갑자기 튀어 나가거나 속도가 확 줄어 넘어질 뻔하거나 하였으나, 손을 잡아 준 복천 도장 덕에 중심을 잃지 않을 수 있었다.

진자강은 감각에 집중했다.

점차 흐름이 익숙해졌다.

진자강은 자신에게 최적의 흐름을 찾아냈다. 남들처럼 동일한 보폭으로 걷지 않고, 자연스럽게 멀리 뛰고 좁게 뛰고를 반복했다.

어느 순간 복천 도장이 손을 놓았을 때에도 진자강은 넘어지지 않았다. 완연히 흐름을 탔다. 같은 속도는 아니었지만 복천 도장이나 손비에게 뒤처지지 않고 달릴 수 있게 되었다.

"감사합니다."

복천 도장은 가볍게 고갯짓을 하여 인사를 받았다.

복천 도장이나 진자강이나 말이 많은 편이 아니고, 손비는 말을 하지 못하였으므로 대화가 금세 끊겼다.

경공이 익숙해지자 진자강은 생각에 잠겼다.

어딘가에서부터 불길한 느낌이 찾아와 신경을 거슬리게

만들었다. 불안함과 미심쩍음이 함께였다.

원인을 아직까지 알 수가 없었다.

하나 당장은 오도절명단을 배포하는 데 쓰일 소금선들을 막는 게 우선이라, 더 이상 깊이 생각할 수가 없었다.

이들이 민강에 도착한 것은 그리 오래지 않아서였다.

지대가 높은 언덕 위에서 아래의 민강을 보며 복천 도장이 외쳤다.

"저 배들이로군!"

소금을 싣고 있는 것으로 예상되는 배들 수백 척이 굉장한 속도로 남하하고 있었다. 일부는 이미 진자강들을 지나쳐 가는 중이기도 했다.

심학이 신호를 보낸 탓에 일찍 출발한 모양이었다.

복천 도장은 실망스러운 표정을 감추지 못했다.

"아미파에서도 온다는 파발을 받았는데, 시간을 맞추지 못한 건가."

복천 도장이 진자강을 보았다.

"어차피 우리 셋으로는 완전 섬멸이 불가능하네. 아미파를 기다리거나, 배들을 따라 내려가 독문 사벌과 합류하는 수가 있네. 어찌하겠는가."

진자강이 답했다.

"진인은 현교를 끌어들여 북천 사파를 친다고 하셨습니다. 진인이 실패하셨다는 건, 사파의 힘이 너무 강했거나 혹은……."

진자강의 눈에 살기가 맺혔다.

"현교가 배신했기 때문일 겁니다."

저 선단에는 아마도 해월 진인을 죽인 현교와 북천 사파의 고수들이 함께 있을 터.

"그들을 골라내어 처리하겠습니다."

복천 도장이 수긍했다.

"힘든 싸움이 되겠군. 하면 나머지는 하류에서 올라오는 독문 사벌에게 맡기도록 함세."

독문 사벌은 진자강과 싸우며 힘이 약화되었다. 현교와 사파의 고수들을 막을 수 없다.

손비가 진자강의 어깨를 톡톡 쳤다.

빠르게 질주하고 있는 저 선단의 배들 중에서 어떻게 고수들을 골라서 치겠느냐는 의문이다.

진자강은 지켜보라는 눈짓을 하곤 언덕 끝에 서서 지나가는 배들을 오시했다.

그러곤 내공을 극대로 끌어 올렸다.

뿌드득.

진자강이 이를 갈았다.

"나와라, 겁살마신!"

진자강의 전신 혈도에서 소용돌이가 일기 시작했다. 길을 가로막은 둑 안에서 소용돌이가 빠르게 차올랐다.

셋, 넷…… 여섯, 일곱…… 여덟!

과거 단령경은 옥허구광 오뢰합마공의 오광제로 산동을 지배했고, 무암존사는 육광제로 삼십 년 전에 삼도(三道) 중의 한 명이 되었다.

그러나 이제 진자강은 그 모든 것을 넘어선 팔광제에 도달했다.

옥허구광 오뢰합마공 팔광제.

저수마신(低首魔神)의 거(擧)!

진자강이 양팔을 벌리고 소리 없이 포효했다.

그오오오오오오!

순간 진자강의 몸에서 겁살마신의 기운이 폭주하며 외부로 쏟아져 나왔다.

손비는 살갗이 저릿저릿하여 뒤로 물러서며 내공으로 방비했다. 손비는 이것이 그저 진자강이 일으키는 단순한 내공의 기세라고 생각했을 뿐이나, 도문에 있는 복천 도장은 다르게 느꼈다.

사나운 마귀가 목줄에 걸린 채 울부짖는 듯한 끔찍한 감상을 받았다. 소름이 끼치고 전신의 털이 곤두섰다. 자기도 모르게 항마(降魔)의 내공이 반응하여 치밀어 올랐다.

진자강의 기운이 언덕 아래를 지나가는 선단 전체에 마구잡이로 쏟아졌다.

겁살마신의 기운이 민강의 물결에 부딪혀 산란했다.

본디 옥허구광 오뢰합마공은 청성파의 합마공과 현교의 오뢰진천공을 합한 것.

배에 있던 현교의 고수들도 영향을 받았다.

현교의 고수들이 갑판으로 나와 진자강 쪽을 쳐다보았다.

거리가 멀었음에도 심상치 않은 기분을 느낀 것이다.

불타는 기를 든 화엄라사와 만광영사.

그리고 그들이 있는 배의 주변에 호위하듯 늘어선 현교 교도들의 나룻배까지.

"찾았다!"

진자강의 부릅뜬 눈에 살의가 배었다.

사파의 고수들도 진자강의 기운을 느끼고 갑판으로 올라왔다. 그중 갑주를 입고 대도를 든 거인이 유독 눈에 띄었다. 그의 주위로 고수 서넛이 더 둘러서 있었다. 그중에는 일전에 복천 도장과 손을 섞은 바 있는 요녀 소수진이 왼 손목에 부목을 댄 채 복천 도장을 올려다보고 있기도 했다.

복천 도장이 대도를 든 이를 알아보았다. 얼굴도 보이지 않는 먼 거리에서 둘의 시선이 마주쳤다.

"벽력대제 가무루! 혹시나 하였는데 결국 저자마저도 중원으로 들어왔나."

해월 진인이 혼자서 얼마나 힘든 싸움을 했을지 보지 않았음에도 눈에 훤했다.

"금강천검은 보이지 않는군."

복천 도장의 말에 진자강이 대답했다.

"저 배들 어딘가에 있습니다."

진자강은 순간적으로 자신의 기세에 반응하는 백리중의 기를 느끼긴 했다. 하나 직후에 백리중의 기운은 바로 숨어 버렸다.

놀랍게도 백리중의 겁살마신이 진자강의 겁살마신에게 겁을 먹은 것이다!

때문에 백리중의 겁살마신은 꼬리를 감추고 완전히 기척을 지워 버렸다.

진자강은 그 이유를 느낄 수 있었다.

팔광제의 겁살마신을 굴복시킨 진자강에게 잡아먹힐까 봐서다. 백리중의 겁살마신은 결코 약하지 않았다. 그러나 백리중의 겁살마신은 주종(主從)의 한계를 벗어나지 못하였다.

지금 나타나면 주인의 자격을 가진 진자강에게 지고 만다는 걸 너무도 잘 알고 있는 것이다.

"내가 벽력대제를 맡지."

복천 도장은 가무루 쪽으로 시선을 주었다. 손비는 진자강 쪽으로 가고 싶었으나 진자강이 내뿜는 기세가 너무 살벌하여 가까이에 갈 수가 없었다. 함께 가면 오히려 방해가 될 것 같았다.

복천 도장과 손비는 진자강이 언덕 아래에서 물살을 헤치며 나아가는 배까지 어떻게 이동할까 걱정하며 쳐다보았다.

하나 그것은 기우였다.

진자강은 곧바로 뛰어내렸다.

그러곤 양팔을 뻗어 수라경을 날렸다.

진자강에게 탈혼사의 사용법을 보여 준 탈혼방주 당상율처럼 사방으로 수라경을 쏘았다. 언덕 아래 바윗돌과 가장 가까이에서 지나가는 배들의 돛대, 뱃전에 수라경이 얽혔다.

진자강은 씨실과 날실을 엮어 이은 듯한 수라경의 위를 밟고 경공으로 달렸다.

그것은 마치 허공을 뛰는 것과도 같은 광경이었다.

현교의 고수들이 있는 방향으로 나아가자, 놀란 교도들이 저마다 무기를 꺼내 들고 진자강을 노렸다.

진자강이 배 위를 날아갈 때 활을 쏘고 창으로 찔렀다. 당연히, 무의미했다. 일반 교도들이 날리는 무기는 하나도 진자강을 맞추지 못했다. 일부는 허공에 쳐진 수라경에 맞고 튕겼다.

진자강은 순식간에 강 중앙의 배에 도달했다.

뱃전에 내려설 때까지 현교의 두 고수 화엄라사와 만광영사는 진자강을 공격하지 않았다.

진자강이 이글거리는 눈빛으로 둘을 노려보았다.

불타는 기를 든 화엄라사가 진자강을 보며 소리쳤다.

"너는 우리와 같은 뿌리를 가지고 있구나! 그런데 어이하여 우리를 향하여 살의를 품는가!"

진자강이 되물었다.

"당신들은 해월 진인이 끌어들인 것으로 압니다. 맞습니까?"

화엄라사와 만광영사가 서로를 잠시 쳐다보았다.

민머리에 매부리코인 만광영사가 진자강을 향해 눈을 부라렸다.

"이런…… 어디서 젊은 놈이 시건방지게 구느냐?"

진자강이 차갑게 물었다.
"맞느냐고 물었습니다."
"맞으면 어떻고, 아니면 네놈이 어쩌려고?"
만광영사도 슬슬 살기를 뿌리기 시작했다.
그때 화엄라사가 불타는 철기로 둘 사이를 가로막았다.
"잠깐! 네가 혹시 독룡, 진자강이냐!"
"그렇습니다."
만광영사와 화엄라사가 인상을 썼다.
"만광영사, 물러나시오."
둘이 한 걸음씩을 물러섰다.
"교주로부터 너에 대한 얘기를 들었다. 돌아가라. 우리는 식구와 마찬가지다."
"교주?"
"광명정사 야율환, 그분이 본 교의 교주가 되었다. 너는 이미 그분에게 은혜를 입지 않았느냐. 그런데도 우리와 싸우겠다는 것이냐?"
광명정사 야율환은 진자강에게 무암존사와 함께 만든 옥허구광 오뢰합마공의 후반부를 전수했다.
그러나 진자강은 전혀 흔들리지 않았다.
"잘못 알고 있습니다. 빚을 진 건 내가 아니라 광명정사, 귀교의 교주입니다."

"뭐?"

진자강이 호통을 쳤다.

"귀교에서는 빚을 진 자가 이런 식으로 은혜를 갚습니까!"

진자강의 호통에 만광영사의 눈꼬리가 치켜 올라갔다.

"이놈이 감히 본 교의 내공을 가지고 본 교의 사람을 겁박해?"

진자강이 날이 선 목소리로 물었다.

"그럼, 하나만 묻겠습니다. 왜 진인을 배신하였습니까."

"배신한 것이 아니다. 본래부터 우리는 금강천검과 손을 잡았다."

"금강천검은 귀교의 교주를 오랫동안 가둔 사람입니다."

만광영사가 코웃음을 쳤다.

"그건 모두가 해월이 꾸민 짓이다. 금강천검은 그의 꾐에 넘어가 교주가 가진 무공을 탐낸 것이다."

"그래서 손을 잡은 대가로 그에게 현교의 무공을 건네었습니까?"

만광영사가 비릿하게 웃었다.

"우리가 건넨 것은 옥허구광 오뢰합마공이 아니라 오뢰진천공의 진언이다."

청성파의 합마공 구결이 없으면 겁살마신을 제압할 수 없다. 때문에 백리중이 겁살마신에 휩싸이고 만 것인가!

진자강이 말했다.

"알겠습니다."

"뭘?"

"즉시 하선하여 귀교로 돌아가십시오. 그리고 언제든 귀교의 교주에게 빚을 받으러 가겠다고 전하십시오. 그럼 살려드리겠습니다."

만광영사의 눈빛이 매서워졌다.

"이런 건방진……! 본 교의 기운을 좀 쓸 줄 안다고 세상이 다 네 것인 줄 아느냐? 감히 본 교의 교주께 빚을 운운해?"

진자강이 차갑게 내뱉었다.

"자신을 가둔 자와 손을 잡고 그의 몸을 해치는 무공을 건넸으며, 손을 잡기로 한 이를 배신하여 죽음으로 몰아넣었습니다. 또 지금은 강호를 어지럽힐 독을 퍼뜨릴 계획에 동조하고 있지요. 그런 자가 얼마나 대단하다고 운운하면 아니 된다는 말입니까?"

"네 이노옴!"

분개한 만광영사를 화엄라사가 제지했다.

"네가 교주께 사사한 무공은, 몇 개의 둑을 이루었지?"

"여덟."

화엄라사와 만광영사가 흠칫했다.

"옥허를 팔광까지 얻다니. 대단하군."

"팔광을 얻었다면 오뢰진천공을 십일 성(十一成) 이룬 것과 같다. 우리가 상대하기 어렵다."

"팔광이라니…… 이 핏덩이가 우리보다 강하단 말인가?"

말을 하던 중에 돌연 만광영사의 눈빛이 변했다.

만광영사가 진자강을 기습했다. 몸을 숙여 진자강의 다리를 꼬챙이로 잡아당겨 걸었다.

"거짓말은 똑바로 해야지! 네깟 핏덩이가 어떻게 본 교의 교주와 같은 성취란 말이냐!"

화엄라사까지도 표정이 돌변하여 협공을 가했다.

화엄라사가 일갈하며 불붙은 철기를 내려쳤다.

"본 교와 교주를 능멸한 죄, 불로써 다스리리라!"

만광영사의 꼬챙이에 달린 갈고리가 진자강의 다리에 걸렸다. 만광영사가 꼬챙이를 당기면 뒤꿈치의 힘줄이 잘려나갈 것이다.

만광영사는 바람처럼 움직여 꼬챙이를 당겼다.

"이것이 해월의 내장을 끄집어낸 무기다!"

그러나.

띠이이잉!

꼬챙이가 더 이상 당겨지지 않고 크게 진동했다.

진자강이 아래로 내린 손에서부터 긴 선이 뻗어 나와 진자강의 발뒤꿈치를 막고 있었다. 거기에 갈고리가 걸려 있다. 진자강의 손목에서 수라경 두 줄기가 더 튀어나와 갈고리를 옭아매었다. 만광영사가 힘껏 꼬챙이를 당겼으나 갈고리가 걸려서 빠지지 않았다.

화엄라사의 철기가 벼락처럼 진자강의 머리 위로 떨어졌다.

아래에서 위를 보면 높이를 모르지만, 위에서 아래를 보면 얼마나 높은지 알 수 있다. 화엄라사를 보는 진자강의 시각이 그러했다.

그리고 차이가 나는 경우, 가장 간단한 방법이 최적의 효과를 내는 법. 진자강은 피하지 않고 위로 손을 뻗었다.

화엄라사의 기세는 손바닥과 함께 진자강을 통째로 뭉개버릴 듯했으나, 철기는 허무하게 진자강의 손에 잡히고 말았다. 철기에 담긴 힘이 진자강의 몸을 흔들었다.

쩌억! 진자강의 발아래 갑판이 부서지며 갈래갈래 금이 갔다.

"뭐……?"

화엄라사의 눈이 일그러졌다. 천근의 힘으로 불붙은 철기를 내려쳤는데 진자강이 한 손으로 잡아 낸 것이다.

작열쌍린장!

화르르르르! 철기의 불이 더 크게 피어올랐다. 진자강이 철기를 잡아 옆으로 확 젖혔다. 바람 때문에 불길이 역으로 화엄라사에게 향했다. 화엄라사의 눈썹과 머리털이 그을렸다.

"크윽!"

화엄라사는 얼굴이 벌겋게 익어 가면서도 철기를 놓치지 않으려 꽉 잡았다. 하나 좀 전에 해월 진인과 싸우며 어깨가 한번 심하게 탈구되었던 터라 생각보다 온전하게 힘이 들어가지 않았다. 물론 멀쩡한 상태였다 하더라도 진자강의 내공에 밀려 마찬가지긴 하였을 것이다.

이미 진자강은 화엄라사를 쳐다도 보고 있지 않았다.

바닥에 기듯이 붙어 있는 만광영사를 서늘히 내려다보았다.

"지금 뭐라고 했습니까? 그것이 누구의 내장을 끌어낸 무기라고 했습니까?"

진자강이 발을 들었다.

부우우욱! 옥허구광 오뢰합마공의 내공이 오른발에서 와류를 일으키며 돌았다. 진자강이 만광영사를 짓밟았다. 만광영사는 수라경에 얽힌 꼬챙이를 놓고 옆으로 굴렀다.

콰직!

팔광제의 내공이 실린 진자강의 발이 두꺼운 갑판을 아무렇지 않게 부수고 박혔다. 와류의 영향으로 부서진 부분이 마치 소용돌이처럼 파편을 일으켰다.

"놈!"

화엄라사가 힘을 주어 진자강을 당기자, 진자강이 화엄라사를 노려보곤 힘주어 철기를 위로 들어 올렸다.

화엄라사가 마보를 취하고 천근추로 버텼다.

"으오오오!"

그사이 물러났던 만광영사가 바퀴벌레처럼 사사삭 기어왔다.

만광영사의 신법은 은밀하고 빠르다. 일반인이라면 만광영사의 몸을 제대로 보지도 못했을 것이다. 만광영사의 몸이 흐릿해지면서 순식간에 진자강의 발밑으로 들어와 진자강의 고간을 노렸다.

한 손을 화엄라사가 붙들어 놓고 있으니 한 손만 피하면……!

순간 만광영사는 진자강의 손가락 사이에서 암기가 튀어나오는 걸 보았다. 눈앞에서 번쩍했다. 만광영사는 몸을 틀어 피했다. 진자강이 던진 침이 만광영사를 지나쳐 뒤쪽에 박혔다.

동시에 진자강의 손목에서 수라경까지 풀려 나왔다. 만

광영사의 얼굴이 찡그려졌다.

진자강의 내공이 생각 이상인 데다 암기에 수라경까지 활용하면 넓은 곳에서의 싸움은 자신들에게 불리하다. 좁은 선창으로 내려가 싸우는 것이 낫다.

후— 읍!

엎드려 있던 만광영사가 호흡을 들이쉬며 네 손발을 바닥에 붙이고 힘껏 내공을 폭발시키려 했다.

그러다가 아차 싶어 멈추었다.

선창으로 내려갈 수는 없다. 선창에 쌓인 소금 가마니 위에 독이 섞인 포대를 얹었다. 거기서 싸우면 독룡은 몰라도 자신들은 독의 영향을 받게 된다.

진자강은 만광영사의 망설임을 눈치챘다. 선창으로 내려가고 싶어 하지 않는다?

진자강이 아까보다도 더 힘껏 발을 굴렀다.

꽈앙!

바닥이 터지면서 갑판이 무너졌다. 세 사람은 거의 동시에 아래 짐칸으로 떨어졌다.

진자강이 철기를 놓고 수라경을 회수하며 몸을 회전시켜 착지했다.

차박!

눈 밟는 소리가 났다.

선창에는 빼곡하게 소금 가마니가 쌓여 있었고 그 위에 누런색의 포대가 얹혀 있었다. 진자강과 만광영사, 화엄라사는 누런 포대를 밟고 서 있는 중이었다.

그것이 무엇인지 아는 만광영사는 선창에 더 있고 싶은 생각이 없었다. 풀려난 꼬챙이를 잡아채며 내려서자마자 바로 다시 뛰어서 선창을 나가려 했다. 진자강이 손을 뻗어 수라경을 발출했다. 만광영사가 공중에서 꼬챙이를 휘저어 수라경을 감았다. 그러곤 꼬챙이를 놓고 재차 도약해 갑판 위로 솟구쳐 올라갔다.

진자강이 반대쪽 손으로도 수라경을 발출해 만광영사의 발목을 붙들었다.

화엄라사가 불붙은 철기를 휘둘러 진자강의 옆구리를 강타했다.

부우우웅!

진자강은 한껏 다리를 들고 뛰어올라 철기를 피했다. 철기가 진자강을 헛치면서 바닥의 포대를 터뜨렸다.

퍼엉!

하얀 결정들이 사방으로 튀었다.

진자강은 수라경을 당겨서 만광영사를 화엄라사의 머리 위로 떨어뜨렸다. 소금 가마니가 가득 쌓인 좁은 공간이라 피할 만한 곳이 없었다. 만광영사와 화엄라사가 충돌하며 넘어졌다.

진자강이 수라경을 회수하며 만광영사의 발목을 잘라 버렸다.

"크아악!"

만광영사가 비명을 지르며 화엄라사를 밀치고 옆으로 굴렀다.

파파팟! 둘이 있던 자리에 진자강이 섬절로 던져 낸 침들이 박혔다.

화엄라사가 철기를 집으며 일어나려 하자, 진자강이 한쪽 발로 철기를 밟고 또다시 천지발패로 열 개의 침을 뽑아냈다.

"젠장!"

화엄라사도 어쩔 수 없이 철기를 놓고 포대 위를 굴렀다.

진자강이 날린 열 개의 침이 직선으로 날아가 선체의 벽에 박혔다.

곧 진자강의 발아래에서 연기가 피어올랐다. 철기의 불꽃이 포대와 가마니를 태우면서 불이 붙었다.

타닥타닥.

하얀 결정들이 콩 볶는 것처럼 강한 불길에 이리저리 튀고 순식간에 매캐한 연기가 들어차기 시작했다.

만광영사는 외발이 되어 피를 줄줄 흘리며 구멍이 난 위쪽 선체를 쳐다보았다. 평소라고 해도 진자강의 손을 피해 나갈 수 있을지 자신할 수 없는데, 해월 진인에게 내상까지 입은 터다. 위로 나가려 뛰어 봐야 간발의 차로 수라경에 잡혀 버릴 게 뻔했다.

달아날 곳은…….

만광영사는 손날을 세워 바닥을 찍기 시작했다.

퍽! 퍽!

그사이 화엄라사가 고함을 지르면서 양손의 손바닥을 힘껏 마주쳤다.

"오오!"

화르륵! 화엄라사의 손에서도 불길이 일었다.

성화존엄(聖火尊嚴)!

화엄라사는 진자강에게 달려들어 쌍장을 뻗었다. 불덩어리들이 날아다니며 사방에 불이 붙었다.

진자강이 화엄라사와 양손을 맞대었다.

둘이 맞잡은 손가락의 틈 사이로 불길이 날름거렸다.

진자강과 화엄라사의 얼굴에 크게 힘이 들어갔다.

맞잡은 손의 손가락들이 떨렸다. 화엄라사 쪽으로 조금씩 손가락이 꺾여 갔다.

으드득, 드득.

화엄라사의 손목과 손가락이 점점 뒤로 눕혀지며 관절이 어긋나는 소리가 났다.

손등이 으스러지고 손가락이 부러지며 내공에서도 급격하게 밀리기 시작했다.

지지지직! 살 타는 냄새가 풍겼다.

"으아아아아!"

화엄라사가 비명을 지르며 한쪽 무릎을 꿇었다. 진자강은 용납하지 않고 계속해서 손에 힘을 주고 눌렀다. 마침내 화엄라사가 양쪽 무릎을 모두 꿇었다.

털썩!

진자강이 손을 놓았음에도 화엄라사의 양손은 이미 모두 부러져서 움직이지 않았다. 화엄라사가 이를 악물고 진자강을 노려보았다. 꿇었던 무릎을 펴며 진자강의 가슴을 머리로 들이받으려 했다.

진자강이 눈을 부릅뜨고 화엄라사의 미간 사이에 침 한 자루를 꽂아 넣었다. 화엄라사의 몸이 경직되며 그대로 멈추었다.

동시에 진자강의 발바닥 밑에서 꼬챙이가 튀어나왔다.

파악!

진자강은 미끄럼을 타듯 발을 옆으로 미끄러뜨려 꼬챙이를 피했다. 파팍! 진자강의 발을 따라 꼬챙이가 연신 튀어

나왔다.

진자강은 쉽게 당하지 않았다. 이것은 진자강이 늘 쓰던 수법이고, 아까부터 사라진 만광영사를 염두에 두고 있던 참이다.

진자강이 양손을 아래로 내리고 수라경을 발출했다.

얇은 수라경의 실이 소리도 없이 바닥의 소금 가마니들을 뚫고 들어갔다.

꼬챙이가 더 이상 튀어나오지 않고 잠잠해졌다. 수직으로 뚫고 들어간 수라경의 실들 중 하나에서 핏방울이 거꾸로 타고 올라왔다.

진자강은 수라경을 회수하고 핏방울이 올라온 자리에 불붙은 철기를 깊이 꽂아 넣었다.

숨 두어 번 쉴 정도의 시간이 지난 뒤, 뜨거운 연기가 피어오르며 소금들이 타닥타닥 튀기 시작했다.

"푸하아!"

용암이 터져 나오는 것처럼 소금을 헤치며 연기와 함께 만광영사가 튀어나왔다.

진자강은 만광영사의 머리를 발로 밟아 버렸다.

오도절명단과 소금 덩어리들이 사방으로 튀었다. 진자강은 만광영사의 머리를 밟고 짓이겼다. 뜨거운 소금이 만광영사의 살갗을 태웠다.

"뜨, 뜨! 그, 그, 그만!"

만광영사가 애원했다. 진자강은 만광영사의 머리를 잡고 들어 올렸다.

만광영사는 살갗이 익어 얼굴이 벌게져 있고 허물이 다 까졌다. 게다가 몸 곳곳에 붉은 꽃, 적멸화가 피어나 있기까지 했다. 발목을 잘릴 때 벌써 진자강의 수라혈에 중독된 것이다.

만광영사는 이를 드러내며 진자강의 배에 꼬챙이를 찔러 넣었다.

하나 진자강은 만광영사를 들어 올릴 때부터 얌전히 끌어낼 생각이 없었다. 이미 만광영사가 움직이기도 전에 그의 얼굴에 무릎을 찍어 넣고 있던 중이었다.

우직! 만광영사의 안면에 진자강의 무릎이 꽂혔다. 코가 함몰되었다.

만광영사는 얼굴이 피투성이가 되어 꼬챙이까지 놓쳤다.

"그, 그만……! 해, 해월을 죽인 건 내가 아니라……."

진자강은 바닥의 하얀 결정을 한 줌 가득 쥐어 만광영사의 입에 처넣었다. 만광영사의 눈이 부릅떠졌다.

슈우우우!

코에서 김이 새어 나왔다.

"그럼 무기 자랑은 하지 말았어야 할 거 아닙니까."

진자강은 발끝으로 만광영사가 놓친 꼬챙이를 걷어 올려 손에 쥐고는 그의 배를 그대로 꿰뚫어 버렸다.

진자강이 만광영사의 머리를 놓아 주자 만광영사가 몸을 덜덜 떨면서 뒷걸음질을 쳤다. 얼굴 가득 피와 소금 범벅이 되어 있었다. 잘린 발목에서는 피거품이 끓으며 녹아 내리고 있다.

하지만 핏발 선 두 눈은 여전히 악독하기 짝이 없었다. 진자강은 그의 눈동자에 비친 화엄라사의 모습을 보았다. 화엄라사는 수라혈에 중독되어 눈과 코, 입 등의 칠공에서 피거품을 쏟으며 진자강의 뒤에 서 있었다.

하지만 화엄라사는 이내 몸부림치며 무너지듯 쓰러졌다. 괴로운 듯 연신 몸을 비틀어 댔다.

"크아아아아!"

보는 사람조차 끔찍한 고통이 느껴질 정도였다.

만광영사는 화엄라사의 고통을 똑똑히 보고 있었기에, 자신도 곧 그런 꼴이 될 거라는 걸 알았다. 내장이 끌려 나올까 봐 배에 꽂힌 꼬챙이를 뺄 생각도 못 하고 피에 엉겨 붙은 소금을 입에 머금은 채 진자강에게 달려들었다.

진자강은 만광영사의 공격을 피해 그의 턱을 차올렸다. 만광영사의 몸이 떠올라 선창의 천장에 부딪혔다. 진자강이 꼬챙이를 더 밀어서 만광영사를 천장에 박아 넣었다.

그러곤 옆으로 손을 뻗어 아직도 발버둥 치고 있는 화엄라사의 몸에 수라경을 감았다.

썩. 화엄라사의 몸뚱이가 조각조각 나 무너져 내렸다.

만광영사가 입안의 소금을 뱉어 내며 저주의 말을 퍼부었다.

"어쭙잖은 동정을 하는 거냐!"

진자강이 천장에 박혀 있는 만광영사를 돌아보았다. 만광영사는 진자강의 눈빛에서 방금의 행동이 화엄라사를 향한 배려나 선의가 아님을 알았다. 고통을 줄여 주기 위함이 아니다. 확실하게 죽음을 확인하기 위한 행동이었을 뿐이다.

진자강은 만광영사의 목에도 수라경을 걸었다.

만광영사가 이를 갈았다.

"빌어먹을……."

해월 진인이 왜 자신보다 더하다고 했는지, 후사를 맡길 수 있었는지 알 것 같았다.

진자강의 눈이 더 싸늘해졌다. 동시에 수라경에 내공이 깃들었다.

만광영사는 뱅글뱅글 주변이 돌아간다고 생각했다. 이윽고…… 천장에 붙어 있는 자신의 몸뚱이가 보였다.

*　　*　　*

복천 도장과 손비는 경공으로 배들을 뛰어넘어 사파의 고수들이 있는 배로 향했다.

벽력대제 가무루가 뱃전까지 나와 대도를 박아넣고 섰다.

손비는 가무루가 탄 배가 가까워질수록 굉장한 압박을 느꼈다. 그가 탄 배보다도 가무루가 더 크게 보였다. 괜히 무림삼존 중의 한 명이 아니다. 공기가 무거워져서 호흡이 불편해졌다.

가무루의 배를 앞에 두고 복천 도장이 팔로 손비를 막으며 멈춰 섰다.

"서거라."

복천 도장이 눈을 크게 뜨고 앞을 노려보며 말했다.

"더 가면 베인다."

쫘아아아!

거센 물살이 흐르는 가운데, 건너편 배에서 가무루가 대도를 짚고 특유의 낮고 웅웅거리는 목소리로 말했다.

"무암의 사제인가."

크지 않게 내뱉는 말소리인데도 강물의 파랑을 뚫고 귀에다가 대고 말하듯 똑똑하게 들려왔다.

복천 도장이 가무루의 말을 무시하고 툭 던지듯 말했다.

"감히 못된 심보를 가지고 사천에 발을 들이밀다니. 오래 새외를 돌다 보니 겁을 상실하였는가."

"감히라……."

가무루의 낮은 목소리에 분노가 깃들었다.

"무암도 내게는 그런 말을 쓰지 못하였지."

파칫!

가무루가 뱃전에 박았던 대도를 뽑아 드는 순간 끝에서 퍼런 뇌전이 일렁거렸다.

복천 도장은 천천히 검을 뽑아 들어 하늘로 치켜들고 먼 거리에서 대치했다.

둘이 탄 배는 오륙 장가량 떨어진 거리.

그러나 바로 앞에 대치하고 있는 것처럼 긴장이 흘렀다. 손비는 거꾸로 돌아서서 복천 도장의 등을 지켰다. 선실에서 사파의 무사들이 나와 손비와 복천 도장을 호시탐탐 노리고 있었다.

가무루가 중얼거렸다.

"죽어라. 벽력인(霹靂刃)에."

가무루의 눈이 번뜩였다.

가무루는 눈 깜짝할 순간에 대도를 휘둘렀다.

지 지 지 지 직!

가무루의 도기가 물살을 가르며 단숨에 거리를 좁히고 날아왔다.

한발 늦게 복천 도장도 검을 내려쳤다.

가무루의 도기는 광대하고 파괴적이었다. 복천 도장의 검기는 좁고 단단했다.

중간에서 두 개의 힘이 맞부닥쳤다.

콰아악!

공간이 찢어지는 소리가 나며 도기와 검기가 서로 어긋나게 부딪쳐 옆으로 튕겼다.

쩌억!

삐침 별(丿) 자 모양으로 비껴 나간 가무루의 도기가 뒤쪽에 지나가던 다른 배의 선수를 뚝 자르고 지나갔다. 복천 도장의 검기는 소멸했다.

하지만 복천 도장은 힘을 모두 쏟아붓지 않고 여력을 남겨 두었다가 한 번 더 베었다.

쐐애액!

검기가 날렵한 제비처럼 수면 위를 빠르게 스쳐 가무루에게로 날아갔다.

가무루는 한 번의 도기를 뿜어낸 후 완전히 허리가 돌아가 있었다. 대응이 쉽지 않아 보였다. 복천 도장의 검기가 가무루의 몸을 덮쳤다. 그러나 가무루는 몸이 돌아간 상태에서도 번개처럼 자세를 뒤집어 한 팔로 대도를 휘둘렀다. 검기에 직접 대도가 맞고 불꽃을 튀어 냈다.

카가각! 가무루의 대도가 복천 도장의 검기에 살짝 밀리는가 싶었는데, 반대쪽 팔뚝으로 도의 옆면을 눌러 그대로 밀어 버렸다. 검기가 와장창 깨져서 튕겨 나갔다.

튕겨 나간 검기와 가무루가 휘두른 대도의 풍압에 배 앞에서 물기둥이 치솟았다.

퍼엉!

복천 도장은 눈을 치켜떴다. 물기둥에 가무루의 모습이 가려져 보이지 않았다. 복천 도장은 바로 검을 오른쪽 허벅지에 살짝 올리고 다리를 굽혀 자세를 잡았다.

콰 아 아 아 아!

치솟은 물기둥이 수평으로 이등분되어 갈라졌다. 그리고 가무루의 도기, 벽력인이 날아왔다. 방금보다도 더욱 강력했다.

복천 도장은 맞대응하지 않고 몸을 낮추며 소리쳤다.

"엎드려라!"

손비는 다가오는 사파 무사들과 싸우며 그들이 복천 도장을 방해하지 못하도록 막고 있었다. 그러다가 복천 도장의 목소리를 듣고 바로 바닥에 몸을 붙이며 완전히 엎드렸다.

손비의 머리 위로 무시무시한 공간의 단절이 생겨났다. 바로 위쪽으로 누군가 도를 휘두른 것처럼 날붙이의 차가운 느낌이 뒷덜미에 소름이 돋게 했다. 그리고 동시에 빠직거리는 뇌전의 기운이 지독히도 뜨거워서 상반된 느낌이 들었다.

손비의 휘날리던 머리카락도 벽력인이 스쳐 가며 끄트머리가 순식간에 타 버렸다.

"어?"

손비가 갑자기 엎드리자 사파 무사들 중 일부는 손비에게 달려들려 했고, 일부는 엉겁결에 몸을 낮추었다.

그러나 어느 쪽이든 완전히 엎드리지 못한 탓에 공간의 단절과 함께 신체의 단절이 이루어졌다. 잘린 다리와 몸통의 단면은 빠르게 타들어 가며 오그라들었고, 나머지 덩어리와 함께 순식간에 뒤로 날려졌다.

끼이이이…….

굵은 돛대가 잘려 수평으로 이어진 활대와 같이 넘어가며 선체를 부수었다. 잘린 면이 시꺼멓게 타 있었다.

배가 기우뚱하며 기울어졌다.

복천 도장은 그 와중에도 집중력을 잃지 않았다.

"또 온다!"

아까보다 아래로 도기가 날아온다. 하나 선체가 기운 탓에 복천 도장은 맞대응하지 않았다.

"뛰거라!"

복천 도장은 소리치며 배의 선수로 올라갔다. 손비는 기울어지는 쪽의 뱃전을 밟고 반대쪽 치솟아 오른 뱃전으로 뛰어올랐다.

와지끈!

가무루의 벽력인이 기울어진 배를 이등분했다. 이물과 좌현의 뱃전까지 선체의 삼분지 일이 비스듬하게 잘려 나갔다.

치지지직.

잘린 선체의 단면들이 타들어 가며 연기를 내뿜었다. 방수를 위해 바른 송진과 아마기름이 타면서 향긋하고 고소한 냄새가 물씬 풍겼다.

복천 도장은 길게 호흡했다.

"쓰— 읍!"

뭉게뭉게 피어오르는 연기가 시야를 가리고 있다.

복천 도장이 검기를 뿜었다.

천지이분!

검의 끝에 구체로 검기가 뭉쳐 있다가 휘두르는 순간 터지듯이 뛰쳐나와 천지를 둘로 갈랐다.

피어오르던 연기가 뚝 잘려서 아랫부분은 짙어지고 윗부분은 흩어져 기묘한 광경을 만들어 냈다.

반대쪽에서 가무루도 벽력인으로 맞상대했다.

꽝! 벽력인과 천지이분의 검기가 정면으로 마주치자 우렛소리가 나며 강 위에 커다란 공명음을 일으켰다.

퍼엉! 수면이 눌렸다가 반발로 튀어 오르며 물기둥이 생겨났다.

복천 도장은 쉬지 않고 검기를 날렸다. 가무루도 마찬가지였다.

쐐애액! 쌕!

지 지 지 직!

벽력인과 검기가 날아갈 때마다 물기둥이 잘리고 터지며 수증기가 잔뜩 생겨났다. 그 수증기마저도 다시 잘리고 끊어져, 벽력인과 검기가 폭발할 때마다 흩어지며 안개가 되었다.

인위적으로 만들어진 안개가 강 위에 자욱하게 끼기 시작했다.

펑! 펑!

거푸 물기둥이 치솟아 올랐다.

마주치면서 소멸되지 않은 벽력인과 검기는 사방으로 튀어서 다른 배들을 상처 입혔다.

가무루의 벽력인이든 복천 도장의 검기든, 걸리는 것은 무엇이든 가리지 않고 잘려 나갔다.

복천 도장의 배 옆쪽에 있던 배의 받침 줄이 끊어졌다.

피이이이잉!

돛대와 고물 사이를 팽팽하게 잇고 있던 굵직한 돛대 받침 줄이 끊어지며 공중에서 튕겨 다녔다.

"우아아악!"

수부들은 한 손으로 잡을 수도 없는 굵기의 받침 줄 뭉텅이에 가슴을 맞아 강물로 날려지거나, 머리를 맞아 목이 부러졌다.

벌써 주변에 있던 배 서너 척이 뜻하지 않은 날벼락을 맞아 반파에 가까운 피해를 입었다. 조타가 불가능해 제멋대로 물길에 따라 떠밀려 다녔다.

움직일 수 있는 다른 배들은 두 배에서 멀어지기 시작했다.

그야말로 인간 이상의 고수들이 벌이는 싸움.

누군가가 섣불리 끼어들 수도 없었다. 손비나 사파의 고수들조차 함부로 나서지 못했다.

그사이에도 둘은 멈추지 않았다.

펑 퍼어엉!

조금씩, 복천 도장이 밀렸다. 물기둥이 복천 도장 쪽으로 다가왔다. 가무루의 도기는 위력이 여전히 그대로인 반면, 복천 도장의 검기는 조금씩 작아졌다.

내공의 차이가 점점 더 벌어졌다.

복천 도장은 모든 힘을 다 끌어내고 있어서 얼굴에 진땀이 배고 입술이 바짝 말랐다. 온몸의 털이란 털은 모두 바짝 서 있었다.

복천 도장은 이를 악물고 더욱 힘을 냈다.

"하아아압!"

양손으로 검을 잡고 하늘로 치켜든 후, 아래로 힘껏 내려쳤다.

동등한 수평의 검기로는 더 이상 가무루의 벽력인을 막을 수 없었다. 하여 수직으로 방향을 틀었다.

촤아악!

수증기와 연기, 안개…… 그리고 물살마저 가르며 복천 도장의 검기가 날아갔다.

쩍!

무언가 맞아서 검기에 갈라지는 소리가 났다.

성공인가?

그러나 복천 도장의 얼굴은 하얗게 질렸다.

복천 도장이 검을 들 생각도 못 하고 바싹 마른 입술로 중얼거렸다.

"……실패했군."

손비가 복천 도장을 따라 앞을 내다보았다.

짙은 안개가 좌우로 갈라지면서 눈으로 볼 수 있을 정도로 결과가 보였다.

어느덧 두 배의 사이는 굉장히 가까워져 있었다. 오륙 장이나 떨어져 있다가 삼 장 정도로 좁혀졌다. 아차 하면 부딪칠 정도였다.

가무루가 타고 있던 배의 뱃전, 우현과 고물 사이가 방금 복천 도장의 일격에 위에서부터 절반쯤 잘린 상태다.

잘린 부위가 선창에 실은 짐의 무게를 이기지 못하고 쪼개지면서 가라앉기 시작했다. 선수와 고물이 들리고 배 가운데는 쪼개지며 안쪽 선창에 있던 짐들이 강물로 쏟아졌다. 소금을 담은 가마니들이었다.

하지만 가무루는 치솟은 선수에 서서 대도를 우하(右下)로 내리고 기다리는 채였다. 빗나갈 걸 알고 대응하지 않은 것이다.

가무루는 늑골의 통증에 잠깐 얼굴을 찌푸렸으나 복천 도장처럼 지쳐 있지는 않았다.

복천 도장이 말했다.

"독룡에게…… 벽력대제는 피하라 전해 주어라."

가무루의 눈에서 짙은 살기가 광채처럼 뿜어져 나왔다.

복천 도장이 손비에게 소리쳤다.

"가거라!"

가무루가 대도를 들어 올리며 우상에서 좌하로 번개처럼 대도를 휘둘렀다. 강력한 돌풍이 일고 벽력인이 뿜어졌다. 반원으로 뿜어진 벽력인이 일자가 되어 공간을 비스듬히 사선으로 갈랐다.

복천 도장도 마지막 힘을 다해 검기를 두 자나 뽑아냈다. 그러나 천지이분으로 쏘아 낼 수는 없었다. 가무루의 벽력인을 막아 내기 위해 휘두르는 것이 고작이었다.

날아든 벽력인을 검기로 힘껏 쳤다.

콰 지 직!

밀리지 않기 위해 검을 최대로 내려치고 있는 복천 도장의 손이 떨렸다.

지직 지직 지지직!

벽력인은 조금도 밀리지 않고 불꽃을 튀어 냈다. 복천 도장의 검기가 부서져 가며 눈에 띄게 작아졌다. 검날의 이가 나가며 시꺼먼 자국이 남고 조금씩 패기 시작했다.

검신에 길게 실금이 생겨났다.

그리고.

콰창! 복천 도장의 검이 부러졌다. 벽력인이 복천 도장의 오른쪽 어깨를 사선으로 긋고 지나갔다. 어깻죽지와 팔이 떨어져 나갔다. 잘린 부위의 검게 탄 자리에서 새빨간 피가 방울방울 배어 나왔다. 조금씩 배어 나오던 피가 곧 지붕에서 물이 새는 것처럼 주룩주룩 쏟아졌다.

"커…… 헉."

복천 도장은 피를 토하며 무릎을 꿇었다.

하지만 그대로 죽지는 않았다. 손비가 바로 복천 도장의 왼쪽 팔을 잡고 그를 부축했다. 복천 도장이 인상을 썼다.

"가라고 하지 않았느냐!"

손비는 복천 도장의 말을 무시하고 그의 한 팔을 어깨에 건 채 뛰었다.

복천 도장과 손비가 탄 배는 계속 가라앉고 있었으나 사방에 부서진 판자들이 가득했으므로 경공으로 달아나기는 어렵지 않았다.

가무루가 대도를 날리지 않고 그 자리에 박아 넣었다. 그러곤 팔짱을 끼었다.

쉭 쉭.

그의 뒤에 있던 사파의 고수들이 기다렸다는 듯 몸을 날려 손비와 복천 도장을 추격했다.

손비 혼자 부상당한 복천 도장까지 데리고 달아나기에는 빠듯했다.

배의 잔해를 밟고 뛸 때마다 발목까지 물에 잠겼다.

첨벙! 첨벙!

손비가 두 번에 뛸 거리를 사파의 고수들은 한 번에 건너뛰었다.

곧 거리가 좁혀졌다. 사파의 고수들이 피 냄새를 맡은 늑대처럼 손비와 복천 도장의 좌우에서 함께 달렸다.

왼쪽에는 쇠사슬 낫을 가진 자와 긴 대롱을 지닌 자가 있었고, 오른쪽에는 복천 도장과 싸웠던 소수진과 철 손톱을 꿰찬 자가 있었다.

소수진은 근접거리에서 손비와 같은 속도로 물 위를 달리며 복천 도장을 비웃었다.

"어린 계집의 도움을 받아 달아나는 꼴이 참으로 보기 좋소이다!"

복천 도장이 이를 갈았으나 소수진의 말에 대꾸할 여유도 없었다.

소수진은 오른손을 뾰족하게 세워 들었다. 왼쪽 손목은 부러져서 부목까지 댔으나 오른손은 멀쩡하고 내상도 없었다.

"어디 얼마나 더 버티나 볼까!"

소수진이 발을 굴러 뛰었다. 우측에서 좌측으로 길게 넘어가며 공중에서 복천 도장과 손비를 공격했다.

손비와 복천 도장은 막 작은 판자를 밟고 뛰려다가 멈칫했다. 손비는 복천 도장의 몸을 낮추게 하고 위로 검을 뻗어 소수진의 손목을 베었다.

소수진이 손을 당겨 손등으로 검을 막았다.

소수진의 하얀 손이 손비의 칼과 부딪치며 하얀 불티를 튕겼다.

깡! 까앙! 쇠끼리 부딪치는 소리가 났다. 소수진은 손등으로 검면을 밀면서 손바닥을 뒤집어 맨손으로 손비의 검을 잡으려 들었다. 손비가 연용사애검으로 검 끝을 흔들었다.

검이 제비처럼 날렵하게 소수진의 손을 빠져나가 빠르게 반원을 그렸다. 소수진의 어깨와 배를 둥글게 도려냈다. 소수진은 왼팔이 부러져 한 손밖에 쓸 수 없다. 연용사애검의 날렵함을 손으로 따라가기가 쉽지 않았다.

소수진은 검의 움직임을 따라가는 대신, 복천 도장을 공격했다. 하얀 손이 복천 도장의 정수리로 떨어졌다. 손비는 이를 악물고 검을 되돌려 소수진의 손을 쳐 낼 수밖에 없었다.

깔깔깔깔!

소수진이 웃으면서 손비의 가슴을 걷어찼다. 손비가 반대쪽 어깨를 틀어 소수진의 발을 막았다.

펑! 맞고 날아가는 손비를 복천 도장이 뒤따라가 잡고 부서진 판자 더미에 착지했다.

“커억!”

무리한 때문에 복천 도장이 피를 토했다. 판자 더미가 빠르게 떠내려가며 물에 잠기기 시작했다. 그대로 있으면 잠길 판이다.

“날 두고 가거라. 얼른!”

복천 도장이 뒤를 막으려 했다. 하나 소수진 말고도 곁에 따라온 사파 고수들이 셋이나 더 있었다.

쇠사슬 낫을 가진 자가 반쯤 가라앉은 배를 밟고 서서 머리 위로 쇠사슬을 붕붕 돌렸다.

“나는 쇄혼귀(鎖魂鬼)라 한다. 너희들을 죽이는 게 누구인지 알고 가라!”

쇠사슬 낫은 낫과 추를 쇠사슬로 이은 것으로 일반적으로 도검을 상대하기 가장 좋은 무기로 알려져 있다. 낫으로 검을 막아 내며 손가락을 베기 용이하고 쇠사슬로 검을 옭아맬 수도 있었다. 반대쪽의 추를 던져 검을 떨구게 하는 것도 가능하다.

차라락, 차라락.

쇠사슬을 잡고 돌리던 쇄혼귀가 낫을 던지는 척하며 추를 날렸다. 복천 도장과 손비가 좌우로 고개를 뉘여 피했다. 추가 묵직한 파공음을 내며 둘의 머리 사이를 스쳐 지나갔다. 쇄혼귀가 쇠사슬을 당기자 추가 되돌아오며 손비의 뒤통수를 노렸다.

손비는 전갈의 꼬리처럼 뒷발을 들어 발바닥으로 추를 밀어 찼다. 추가 날아올 때보다 빠른 속도로 되돌아갔다. 쇄혼귀는 허리를 돌려 몸을 움직이면서 쇠사슬이 가슴과 등을 타고 돌게 하여 추의 힘을 빼고 받아 냈다.

거기서 멈추지 않고 빙글빙글 돌던 채로 낫을 위에서 아래로 찍듯이 던졌다. 손비가 칼을 들어 낫을 막았다.

쨍!

쇄혼귀가 쇠사슬을 흔들어 낫이 한 번 더 튕기게 했다.

싹! 낫의 날카로운 끝이 손비의 뺨을 긁었다.

복천 도장이 쇠사슬의 중간을 잡았다. 쇄혼귀가 쇠사슬에 내공을 불어 넣으며 다시 쇠사슬을 흔들어 복천 도장의 손을 밀어냈다.

"케케케!"

괴상한 웃음소리와 함께 옆에서 껑충껑충 뛰어오던 자가 입에 대롱을 대고 뺨을 부풀렸다.

슉!

대롱에서 독침이 쏟아졌다. 일 장의 거리, 손비가 검을 빠르게 휘저어 검풍을 일으켰다. 한데 가느다란 독침은 전혀 흔들리지 않고 손비의 검풍을 뚫고 들어왔다.

"아!"

복천 도장이 손비의 바로 앞에 소매를 펼쳤다가 휘감으며 독침을 가두었다. 가둔 독침을 다시 뿌렸다. 독취관을 든 자가 껑충 뛰어 멀찍이 달아났다.

독 비린내가 심하게 풍겼다. 두꺼비의 독으로 만든 맹독이라 스치기만 해도 물집이 생기고 살이 부풀어 오르면서 심한 고통을 느끼게 되는 독이었다.

복천 도장이 가쁜 숨을 몰아쉬며 말했다.

"독취관(毒吹管)은 검풍을 뚫는다. 직접 쳐 내야 한다."

과연 조언이 필요할까 싶을 정도로 상황이 나빴다. 벌써 무릎 위까지 가라앉았다. 몸을 빼내기가 여의치 않았다. 철손톱을 든 자와 소수진이 번갈아 날아다니며 둘을 공격했다.

손비는 후기지수로 삼룡사봉에 속할 만큼 뛰어난 편이었지만 고수들 다수를 상대하기엔 부족했다. 정신없이 공격이 이어지니 금세 손이 어지러워졌다.

손비는 공세에 몰리자 떨쳐 내기 위해 한껏 연용사애검을 뿌렸다.

차라라! 검광이 번뜩였다. 검후 임이언에게 사사한 만큼 연용사애검은 위력 자체는 높았다. 하나 신법의 뒷받침 없이 수비적으로 제자리에서 펼쳐 봐야 물러나면 그만이었다. 사파의 고수들은 잠깐 물러났다가 다시 들어와 손비의 저항을 무용지물로 만들었다.

호흡을 고를 틈을 주지 않아 손비만 지칠 뿐이었다. 손비가 호흡이 달려 둔해진 사이 철 손톱을 든 자가 손톱 사이에 손비의 검을 끼우고 비틀었다.

손아귀가 찢어지며 손비가 검을 놓쳤다.

이미 밟고 있는 잔해가 계속 가라앉아 허리까지 물이 차오른 상태였다. 복천 도장은 그야말로 남은 힘을 모두 짜내어 물에서 손비를 밀어 올렸다.

손비는 그냥 가지 않고 복천 도장의 손을 잡았다. 그러곤 수면을 여러 번 차서 복천 도장까지 물에서 빼냈다.

소수진이 크게 비웃었다.

"정말 미련하구나!"

그러나 복천 도장은 손비의 마음을 이해할 수 있었다. 일전에 그녀의 사부인 임이언을 두고 온 대가로, 임이언이 그렇게 처참한 몰골이 되어 돌아오게 되지 않았던가.

아마도 그것이 마음에 걸린 때문일 터였다.

그리고 지금은 그때와 달리 믿고 있는 이가 있으니까.

조금 시간을 끌면 복천 도장을 구할 수 있다고 믿고 있는 것이다.

어쩌면 그건 복천 도장이 벽력 대제 가무루와 상대할 때의 심정과도 비슷하였다.

어른 된 도리로 진자강에게만 모든 걸 맡길 수는 없었다. 최소한의 부담이라도 덜어 주려 하였다. 무림삼존인 가무루가 예상보다 너무 강하여 오래 버티지 못한 것이 미안할 뿐이다.

파파팡! 손비가 여러 번 발을 구르며 일으킨 물보라에 사파 고수들이 잠시 멈칫했다. 그러다가 달아나는 손비를 뒤쫓기 시작했다.

소수진이 가장 먼저 튀어 나갔다.

"지난번 말했지! 내가 빚을 갚아 주겠노라고!"

복천 도장은 손비와 함께 물 위를 뛰어 달리면서 아까 독침을 되돌릴 때 몰래 남겨 두었던 한 자루를 소수진에게 던졌다.

소수진은 복천 도장이 던진 독침을 가볍게 손으로 쳐 내 버렸다.

소수진이 거의 손을 뻗으면 닿을 거리까지 접근하여 똑같은 속도로 뛰며 앙칼지게 소리쳤다.

"해월 맹주도 뭐가 그리 잚어진 것이 많다고 달랑 혼자 찾아왔다가 멍청하게 죽었지! 하물며 맹주의 발끝에도 못 미치는 도장은 도대체 뭘 믿고 그 실력으로 대제에게 도전하였나!"

그런데 그때 소수진의 뒤에서 독취관이 소리쳤다.

"앞에!"

복천 도장과 손비의 얼굴에 화색이 돌았다.

소수진이 옆을 보고 있다가 놀라서 앞으로 고개를 돌렸다. 순간 소수진의 얼굴이 누군가의 손에 덥석 잡혔다. 항거할 수 없는 힘이 들어간 손이 소수진의 얼굴을 밀어 강물에 처박았다.

첨벙!

부글부글!

소수진은 거의 사오 장 정도나 물속에 밀려 들어갔다. 소수진은 한동안 정신을 못 차리다가 고개를 흔들며 이를 악물고 헤엄을 쳐 수면으로 올라왔다.

푸하!

그러나 수면으로 올라오자마자 갑자기 몸이 뒤집혔다.

"헛!"

소수진의 몸이 반 바퀴 돌아가 머리가 아래를 향했다. 그러곤 자신의 다리를 잡은 진자강의 모습을 거꾸로 보게 되었다.

진자강이 잔해 위에 서서 소수진의 다리에 수라경을 걸고 물고기를 낚은 것처럼 거꾸로 들고 있었다.

진자강이 싸늘한 눈으로 내려다보았다. 눈빛이 어찌나 서늘한지 소수진은 소름이 다 끼쳤다.

독룡이 여기에 와 있다는 건 이미 현교의 고수들이 다 죽었다는 뜻이 아닌가!

진자강이 말했다.

"대의를 아는 자가 멍청합니까. 앞을 보지 않고 뛰는 자가 멍청합니까?"

소수진은 이를 깨물고 진자강의 발목을 손으로 쳤다. 발목을 날려 버릴 셈이었다. 진자강이 그보다 먼저 소수진의 얼굴을 발로 찼다.

퍽! 소수진의 얼굴이 젖혀져 손이 발목을 치지 못하고 빗나갔다.

휘잉! 소수진의 몸이 휘청거리면서 그네처럼 뒤로 날려졌다가 다시 돌아왔다.

진자강이 다시 발길질을 했다. 이번에는 소수진이 손으로 얼굴을 막았다. 진자강은 개의치 않고 손을 찼다.

퍽! 소수진이 또다시 대롱거렸다. 한 손이 부러져 쓸 수 없기에 제대로 대응하기가 어려웠다.

"타인의 죽음을 조롱하였으니 나도 당신이 죽을 때까지 조롱해도 됩니까?"

싸늘한 분노의 말투가 소수진을 더 소름 끼치게 했다. 혼자 현교의 교수를 둘 다 죽이고 왔을 정도의 힘이 있는 자의 말이라 더욱 그러했다.

퍽! 퍽!

진자강은 계속해서 소수진의 머리를 찼다. 소수진은 진자강의 발길질을 막기 위해 손목이 부러진 팔까지 동원해 얼굴을 막았다.

빼억! 발길질의 충격에 팔목에 댄 부목이 꺾이며 부러진 부분이 더 심하게 깨졌다.

"끄아아악!"

참다못한 소수진이 비명을 질렀다.

"네 이노옴!"

대롱을 쥔 자가 진자강의 옆으로 돌아가며 독취관으로 독침을 쏘았다. 진자강은 막지도 않았다. 독침이 진자강의 목에 우수수 박혔다. 목의 핏줄이 거미줄처럼 퍼렇게 변하여 번지다가 금세 정상으로 되돌아왔다.

진자강이 빤히 고개를 돌려서 대롱을 쥔 자를 노려보았다.

"윽!"

대롱을 쥔 자는 간담이 서늘하여 껑충 뛰어 달아났다. 괜히 독룡이 아니다. 제대로 명중하였는데도 자신의 독이 먹히지 않은 것이다.

철 손톱을 진 자가 진자강의 등을 긁었다.

카아아아악! 옷이 찢겨 나가며 그 안의 천년귀갑(千年龜甲)이 드러났다.

쇄혼귀도 협공에 한 힘을 더했다. 진자강을 향해 추를 던졌다. 진자강은 소수진을 들어 추를 막았다. 놀란 쇄혼귀가 추를 회수했으나 진자강을 죽일 생각으로 온 힘을 다해 던진 것이라 쉽게 당겨지지 않았다.

퍼억. 소수진의 허리 살점이 추에 맞아 뭉텅이로 떨어져 나갔다. 소수진은 다시 비명을 질렀다.

"사람은 여럿인데 도와줄 사람이 없군요. 당신이야말로 혼자가 된 것 같습니다."

진자강의 말에 소수진은 이를 악물었다. 상체를 거의 접듯이 일으켜서 진자강의 얼굴을 손끝으로 찔렀다. 손이 엄청난 광채를 뿜으며 새하얗게 빛났다.

진자강의 눈을 멀게 만들어 달아날 생각이다. 해월 진인도 이 수법에 당해 소수진을 놓쳤던 것이다.

진자강은 이미 소수진의 손이 부러져 부목을 댄 걸 보았다. 해월 진인과 싸우다 생긴 부상이다. 해월 진인이 소수진의 약점을 알려 준 것과 다름없다. 진자강은 대뜸 소수진의 손목을 잡고 옆으로 비틀어 버렸다.

우드득! 손목이 부러지며 꺾여서 옆으로 돌아갔다. 소수진의 손이 빛을 잃었다.

진자강은 소수진의 한 손과 다리를 잡고 머리 위로 들어 올렸다가 아래로 내팽개치듯 떨구면서 등을 무릎으로 올려

찼다.

뿌직! 허리가 부러지며 등이 꺾였다. 소수진의 입에서 피가 튀었다. 이미 그것만 해도 치명상인데 진자강은 자신의 목에 박힌 독침들을 훑어 뽑아 소수진의 목에 박기까지 했다.

그러곤 수라경에 묶인 소수진의 발목을 잘라 물속으로 던져 버렸다.

진자강의 이 잔인한 수법은 사파 고수들을 움찔하게 만들기에 충분했다.

잠깐 손속을 교환했을 뿐이지만, 세 명의 협공을 아무렇지 않게 받아 내고 소수진을 죽이기까지 한 것이다. 남은 사파 고수 셋이 긴장하며 진자강을 노려보았다.

진자강이 세 고수들의 너머에 있는 벽력대제 가무루를 쳐다보았다.

가무루가 팔짱을 낀 채 광오하게 진자강을 노려보았다.

第三章
흑백

반파된 배에 서 있던 가무루가 한참이나 진자강을 쳐다보더니 손을 치켜들었다.

진자강을 둘러싸고 있던 사파의 세 고수가 서서히 물러나기 시작했다. 동시에 소금을 실은 배들이 진자강을 피해 돌아가며 더욱 속력을 냈다.

가무루는 다시 팔짱을 끼고 진자강을 노려보았다.

오싹!

진자강은 등줄기에 소름이 돋았다.

등을 보이면 베인다.

잠깐만 시선을 돌려도 베인다.

한눈을 팔아도 베인다.

가무루가 보내고 있는 위력적인 투기의 느낌은 그러했다. 손은 팔짱을 끼우고 있으나 그의 마음속에 품은 도가 끊임없이 진자강을 노리고 있었다.

진자강이 중얼거렸다.

"그만큼 날뛰었으니 됐다…… 거기까지 했으면 가만히 있어라. 그런 뜻입니까?"

가무루는 무뚝뚝하게 바라보고 있을 따름이었다.

진자강의 입가에 짧은 조소가 맺혔다.

"자신감이 대단하시군요."

진자강의 말을 들은 복천 도장은 진자강의 생각을 읽고 외쳤다.

"안 돼! 하지 마라!"

그러나 이미 진자강은 움직이고 있었다.

슬금슬금 물러나고 있던 사파의 세 고수들을 향해 손을 뻗었다.

순간 가무루가 팔짱을 풀고 왼손으로 대도를 뽑아 들며 왼발을 뒤로 빼 허리를 틀고 자세를 낮춤과 동시에 오른손으로 대도의 끝을 함께 잡아 휘둘렀다.

그것이 단 한 호흡에 이루어졌다.

큐우우우웅!

거대한 도기가 진자강을 향해 날아왔다.

하지만 진자강은 손을 거두지 않았다. 진자강의 오른손에서 독침이 튀어나오고, 왼손에서는 수라경이 튀어나왔다.

셋 중에 둘은 놓고 가라!

세 고수들이 기겁하며 사방으로 흩어져 뛰었다.

달아나던 사파의 세 고수 중 쇄혼귀의 종아리에 독침이 박혔다. 철 손톱을 쥔 자는 몸을 공처럼 웅크려 굴러서 수라경을 피했다.

쇄혼귀는 판자 위에 떨어졌다. 독침이 박힌 자리가 금세 부어오르며 곪기 시작했다. 부글부글 피거품이 끓었다.

"으으으윽! 으윽!"

독룡의 독에 대한 악명은 이미 사해에 퍼져 있다. 쇄혼귀는 이를 악물고 낫으로 자신의 무릎을 끊어 냈다. 떨어져 나간 다리는 순식간에 피고름으로 뒤덮여 녹았다.

그리고 복천 도장이 경고한 바대로, 진자강은 피할 틈도 없이 가무루의 도기를 맞고 말았다.

진자강의 복부를 도기가 긋고 지나갔다.

지 지 직!

옷 전면이 순식간에 타 버리고 천년귀갑에 시꺼먼 그을음이 일자로 생겨났다. 진자강은 강력한 도기에 공중으로 떠밀려 강물로 떨어졌다. 하지만 그 와중에도 다시 한번 손이 움직였다.

풍덩!

진자강이 강물에 떨어짐과 동시에 두 자루의 침이 쇄혼귀의 멀쩡한 다리 쪽 발바닥과 허리의 장골에 박혔다.

쇄혼귀는 스스로 다리를 끊어 낸 고통에 끙끙거리고 있다가 또다시 독침을 맞은 걸 알았다.

망연자실.

살려면 한 발의 발목을 더 잘라내야 하고, 허리를 도려내야 한다.

살아나도 다시는 무공을 하기 어려운 신세가 될 것이다.

아무리 독한 자라도 어찌 그 짧은 순간에 냉엄한 판단을 할 수 있겠는가.

쇄혼귀는 아차! 싶었다. 미친 듯한 열통이 찾아왔다.

잠깐 망설였을 뿐인데 벌써 독이 퍼지기 시작했다.

쇄혼귀는 바지를 찢었다. 다리의 핏줄을 타고 꽃이 한 잎 두 잎 피어나고 있었다.

"하…… 아…… 아……."

쇄혼귀는 절망적인 표정으로 자신의 다리와 진자강이 떨

어진 물속을 번갈아 보았다.

쇄혼귀의 얼굴에 망연자실과 분노가 동시에 새겨졌다.

쇄혼귀는 낫을 들었다. 벌써 팔에도 적멸화가 피어나며 지독하리만치 고통스러운 열통이 찾아왔다.

더 늦으면 구원은 없다.

"으아아아아아!"

쇄혼귀는 스스로 자신의 정수리를 찍었다.

퍽!

쇄혼귀의 눈이 뒤집히며 몸이 뒤로 넘어갔다.

운 좋게 살아난 다른 두 고수는 심장이 떨렸다. 안색이 새하얗게 되었다. 만일 진자강이 노린 것이 자신들이었다면 분명히 저 꼴이 되어 있을 것이었다.

가무루의 눈빛이 찡그려졌다.

함부로 움직이면 베겠다고 경고했음에도 진자강은 끝끝내 하나를 죽이고 간 것이다.

무겁던 가무루의 입이 열렸다.

"지독한 놈."

촤악…….

진자강이 물에서 튀어 나왔다. 수라경을 뻗어 지나가는 배의 뱃전에 걸고 올라섰다. 배에 있던 사파의 무사들과 수부들이 모조리 강물로 뛰어들어 달아났다.

방금 벌어진 광경들을 보고 겁을 먹지 않을 수가 없었다.

진자강은 배를 만졌다. 탄 것처럼 그을린 천년귀갑의 껍질 일부가 깨져서 으적거렸다.

손비가 복천 도장을 부축해 진자강이 있는 배로 건너왔다.

복천 도장이 어이가 없다는 듯 진자강을 쳐다보며 고개를 저었다.

하기야 그래야 진자강이다. 어떤 상황에서도 상대의 기세에 밀리지 않는다.

그때, 놀랍게도 가무루가 진자강에게 건너편 강가를 가리켜 보였다.

그러더니 몸을 날려서 그쪽으로 먼저 날아갔다. 거구의 덩치에 갑주까지 입고 있는데도 수면을 밟고 몇 장씩을 가볍게 뛰어넘어 갔다.

강변에서 대도를 땅에 박고 가무루가 손짓했다.

"건너와라."

무시무시하게 쏟아 내던 투기는 사라졌다.

진자강을 인정한 것이다!

복천 도장은 진자강에게 가지 말라고 말리려다가 말았다.

지금의 진자강에게 굳이 해라, 하지 마라 옆에서 토를 달 필요는 전혀 없었다. 복천 도장이 어른으로서 해야 할 일은 간섭과 참견이 아니라, 조언이다.

복천 도장이 통증에 식은땀을 흘리면서 말했다.

"벽력대제는 과거 해월 진인과 어깨를 나란히 한 무인일세. 무암 사형과도 겨룬 적이 있었고. 사형이 말하길, 벽력대제는 내공이 심후하여 그의 벽력인은 좀처럼 지치지 않는다고 하였네. 내가 오늘 경험해 보니 정말 그러하더군. 그리고……."

뒷말은 전음으로 덧붙였다.

『가슴 쪽에 부상이 있는 듯하네.』

가무루는 순수하게 힘으로 복천 도장을 밀어붙일 수 있는데도 마지막에 복천 도장의 검기에 자신의 배가 가라앉는 걸 감수하고 기다렸다. 또 벽력인을 사용할 때 얼굴을 찌푸리기도 했다.

저만한 고수가 운신이 불편할 만큼의 상처를 입었다는 것은, 아마도 해월 진인과 싸우면서였을 터. 부상이 아주 작지는 않았던 것이다.

"알겠습니다. 현교의 고수들은 처리했으니 피해 계십시오."

가무루가 진자강을 잡아 두고 나머지 배들을 보내려 하는 것은 진자강이 원하는 바이기도 하다. 독문 사벌에 영귀를 보냈으니 아래쪽에서 그들이 막아 줄 것이다.

손비가 다가와 진자강의 손을 꽉 잡았다. 말을 할 수 없지만 그것이 백 마디를 대신했다.

진자강은 가무루에게서 시선을 떼지 않고 고개를 끄덕여 고갯짓으로 답했다.

그러곤 배에서 뛰어내려 작은 판자를 타고 가무루가 기다리는 강변으로 갔다.

찰박.

진자강이 젖은 바지를 털며 강변에 내려섰다. 찢어지고 타서 거추장스러운 상의는 벗어 버렸다. 천년귀갑이 그대로 드러났다.

가무루가 묵직한 눈빛으로 진자강을 쳐다보았다. 눈이 푹 팬 형태의 얼굴이라 더욱 분위기가 깊어 보였다.

"해월이 말한 후인이 네가 맞느냐."

"후인이라고 직접적으로 들은 적은 없습니다. 일이 잘되면 목숨을 거두어 달라는 부탁은 받았습니다만."

가무루의 눈빛이 살짝 변했다.

"역시 그랬군."

"역시라는 건 무슨 뜻입니까?"

의외로, 가무루는 순순히 답해 주었다.

"해월이 정말로 현교와 손을 잡았을 리가 없다고 생각했다."

"그렇다는 건……."

"해월을 아는 사람이면, 당연한 일이다."

진자강은 갑자기 묘한 감정에 휩싸였다.

해월 진인을 오래전부터 알아 온 사람들은 해월 진인에 대해 같은 평가를 하고 있었다.

믿을 수 있지. 해월 진인이라면…….

해월 진인이라면…….

해월이라면…….

해월 진인 스스로는 악당이라 생각했다. 물론 대부분의 사람들 역시 그리 생각하고 있는 건 확실했다.

그러나 정작 해월 진인을 아는 사람들은 그렇게 생각하지 않는다.

그건 단순히 정파의 사람들에게만 해당하는 얘기가 아니었다.

가무루가 저리 말할 정도라면, 현교도 마찬가지로 해월 진인을 알고 있지 않았겠는가.

그러니 해월 진인이 현교를 끌어들였을 때부터 현교 역시도 해월 진인의 진심을 의심했을 가능성이 크다. 거기에 백리중이 끼어들 여지는 충분하고도 남았을 터.

현교의 배신은 예정된 배신이다.

진자강은 허탈한 감정마저 들었다.

남들은 알고 있지만 스스로는 몰랐기에 악역을 짊어지려던 해월 진인의 숭고한 대의는 어긋나고 말았다.

참을 수 없는 허탈한 감정이 밀려들었다.

진자강이 가무루에게 물었다.

"진인의 죽음이 헛되었다고 말하는 겁니까?"

"개죽음과 신선 죽음이 따로 있는가."

가무루가 깊은 눈으로 말했다.

"해월은 자신의 대의를 증명하는 데 실패했고 나는 여전히 살아남았을 뿐."

그것은 해월이 진자강에게 죽음으로써 증명되었어야 할 대의였다.

"진인이 죽어야 하는 이유가 그것뿐이었습니까?"

"오래전, 북천동맹은 무림총연맹의 총공격을 받고 중원에서 밀려났다. 그 주동자가 해월이다."

가무루의 눈에 힘이 들어갔다.

"해월이 죽지 말아야 할 이유가 있느냐?"

"그래서…… 이 기회를 이용했다는 말이군요."

진자강의 목소리에 날이 섰다.

"북천은 오래전부터 이번 일에 관여했습니다. 설마하니

해월 진인이 왜 이런 선택을 하게 되었는지 모를 것 같지는 않습니다."

가무루는 대답하지 않았다.

"알면서 이용당했습니까, 이용당하는 척하는 겁니까? 이도 저도 아니면 이번 일을 꾸민 염왕에게라도 책임을 미루렵니까?"

"염왕?"

가루무의 입가에 희미한 미소가 맺혔다.

"하나 알려 주마. 염왕이 멀쩡했어도 이번 일, 결코 성공할 수 없었다."

가무루의 말에 어폐가 있었다.

지금 염왕 당청의 계획을 계속 이어 가고자 하는 자가 바로 북천 사파다. 그런데 북천 사파의 수장 입에서 성공하지 못했을 거라는 얘기가 나오다니?

계획이 실패할 걸 알면서 염왕 당청과 협력하는 척하였단 말인가!

"이번엔 당신이 주동자입니까?"

"아니다."

진자강이 턱을 살짝 올려 들고 말했다.

"그렇다면 더욱 처량하군요."

"무슨 뜻이냐."

"속는 척, 속아 주는 척. 도대체 당신의 대의는 어디에 있습니까?"

가무루가 진자강을 한참 노려보더니 답했다.

"생존."

가무루의 저음이 더욱 낮게 깔렸다.

"우리의 대의는 생존에 있다. 살아남는 자가 강한 것이고, 살아남은 자의 뜻이 곧 정의. 그게 흑도의 사고방식이다."

"살아남기 위해 더러운 짓도 마다치 않고, 시류에 들러붙었다. 그 말입니까?"

가무루가 입술을 비틀며 물었다.

"이상을 위해 죽은 해월이 불쌍한가, 새외로 쫓겨나 극한의 생존에 내몰린 우리가 불쌍한가."

"구덩이가 더럽다고 모두가 구덩이에 오물을 버리면 구덩이는 안으로 더 썩을 겁니다. 적어도 부끄러운 줄은 알아야 합니다. 모두가 시류에 편승해 자신의 이익을 취하는 걸 부끄러워하지 않는다면, 어떻게 정의가 남아 있을 수 있겠습니까."

가무루의 표정이 웃는 듯 화가 난 듯 일그러지면서 두툼한 입술이 들렸다.

"강호에 아직도 지켜야 할 정의가 남아 있다고 생각하느냐?"

진자강이 답했다.

"나는 협이나 대의를 모릅니다. 하지만 한 가지는 알고 있습니다. 그 한 가지 때문에 이 자리에 와 있습니다."

가무루가 진자강을 쳐다보았다.

진자강이 가무루의 눈을 똑바로 응시하며 말했다.

"그저 먹고 사는 게 전부인 삶이라면, 그 사람이 짐승과 다를 바가 무엇인가."

대놓고 가무루가 들으라 하는 말이었다!

생존만 추구하는 당신이 짐승과 다를 바가 무엇이냐고.

가무루의 입술이 벌어졌다.

그것은 모순적이게도 사뭇 즐거워하는 표정 같아 보였다.

"증명해라."

진자강은 옥허구광 오뢰합마공을 팔광제까지 끌어 올렸다.

진자강의 내부에서 겁살마신이 포효했다.

크아아아아아!

진자강의 얼굴이 일그러지며 눈빛에서 일순 마기가 뿜어졌다.

마기는 곧 가라앉았지만 가무루의 투기는 마기에 반응해 더욱 강해졌다.

무림삼존.

그중 한 명인 벽력대제를 상대로 얼마나 싸울 수 있을 것인가.

그러나 두려움은 없었다.

진자강은 등허리에서 단봉 두 자루를 꺼내 들었다.

단봉의 끝을 서로 부딪치자 철컥 소리를 내며 날이 튀어 나왔다.

절겸도.

진자강은 절겸도의 날을 손으로 잡고 칼날에 손바닥을 누르며 당겼다.

사악!

핏물과 함께 맑은 액체가 절겸도의 날에 묻어 나왔다.

염왕의 멸정을 품은 멸절의 독, 수라혈!

연륜도, 무공의 운용도. 어쩌면 겁살마신의 내공마저도 가무루에게는 부족할지 모른다.

그러나 한 번이면 족하다.

진자강의 수라혈이 단 한 번만 스쳐도 가무루는 치명적인 상황에 놓이게 될 것이다.

수라혈을 알아본 가무루의 눈이 빛났다.

수많은 싸움을 겪어 온 그는 본능적으로 위험을 알 수 있었다. 하나 역시 두려워하지 않았다.

"오라!"

가무루가 대도를 쥐고 외쳤다.

동시에 진자강이 가무루에게 쇄도했다. 양손에 절겸도를 쥔 채 천지발패로 손가락 사이에서 바늘을 뽑아냈다. 그러곤 중지로 밀어 두 자루의 독침을 쏘았다. 가무루가 대도의 옆면으로 바늘을 튕겨 냈다.

진자강이 몸을 낮추어 팽이처럼 돌면서 가무루의 정강이를 베었다. 발목을 자르겠다고 깊이 벨 필요도 없었다. 긋기만 해도 중독된다. 그만큼 거리에 여유가 있었다.

가무루가 눈을 크게 떴다. 동공이 극도로 작아지고 입술이 치켜 올라갔다.

마치 상황을 즐기는 듯한 모습!

그러더니 진자강의 절겸도를 피하지 않고 대도를 한껏 치켜들어 그대로 내려찍었다.

쿠우우우우! 천 근의 무게가 실린 대도가 진자강의 머리와 몸통을 꿰뚫어 버릴 듯 그대로 떨어졌다.

그대로 두면 가무루는 다리 하나를 잃을 것임에 분명하다. 아무리 가무루라도 수라혈을 버틸 수는 없을 것이다.

그러나 진자강은 죽는다. 머리와 몸통이 으깨지며 대도에 꿰뚫릴 것이다.

그런데도 진자강은 피하지 않았다. 오히려 팔을 더 뻗었다.

절겸도의 손잡이를 미끄러뜨리면서 더 길게 잡았다. 정강이가 아니라 가무루의 사타구니를 노리며 절겸도를 위로 그었다.

슈아악!

다리가 아니라 사타구니를 베이면 내장까지 곧바로 수라혈이 올라간다.

적멸화가 피기 시작하면 가무루도 죽음을 피할 수 없다!

가무루는 웃고 있었다.

진자강도 이를 드러내며 웃었다.

둘의 무기가 거의 동시에 수직으로 교차했다.

콰아아아아……!

땅이 진동하며 흙먼지가 피어올랐다.

가무루의 대도가 땅에 깊숙하게 박히고, 진자강의 팔도 하늘까지 완전히 치솟아 올랐다.

겨우 반 치의 차이.

반 치의 차이로 가무루의 대도와 진자강의 절겸도가 어긋났다.

대도에 직접 닿지도 않았는데 풍압 때문에 진자강의 얼굴에 수직으로 긴 상처가 났다.

핏! 피가 튀었다.

가무루는 허벅지와 사타구니 사이의 옷자락이 날카롭게

베여 나갔다.

어느 쪽이 먼저랄 것도 없었다.

진자강은 바로 몸을 눕히면서 양발로 가무루의 무릎을 걷어찼다. 가무루가 박힌 대도를 옆으로 틀었다. 가무루의 팔뚝이 크게 부풀며 근육이 팽팽해졌다. 땅에 깊이 박힌 대도가 흙을 밀어내면서 옆으로 돌았다. 진자강의 발이 대도의 옆면을 찼다.

퍼퍼펑!

가무루의 몸이 흔들렸지만 조금도 밀리지 않았다. 가무루가 땅에 박힌 대도를 틀어서 들어 올렸다. 진자강이 옆으로 몸을 굴렸다. 흙바닥이 길게 패이며 반원형의 도기가 쭉 뻗어 나갔다.

진자강은 구르면서 연속으로 침을 던져 댔다. 가무루가 비스듬히 몸을 돌려 갑주로 침을 막았다.

티티팅!

가무루는 잠깐의 틈 사이에 발을 굴렀다.

훅! 가무루의 몸이 사라졌다.

카아아아! 겁살마신이 경고했다. 진자강은 모든 감각을 곤두세웠다.

진자강의 등 뒤에서 가무루가 나타났다. 가무루의 대도가 소리도 없이 그어졌다.

사아악! 대도가 진자강의 몸을 관통했다. 진자강의 몸이 대도에 갈라졌다. 잔상이 두 갈래로 나뉘어 흩어졌다.

가무루의 눈이 빠르게 좌우를 훑었다. 진자강의 잔상이 좌측에 나타났다. 가무루가 믿기지 않을 정도로 가볍게 대도를 휘둘러 진자강의 허리를 베었다.

하나 그것도 잔상.

진자강이 가무루의 머리 위에서 절겸도를 찍었다.

역잔영 혼신법!

가무루가 허리를 옆으로 굽히며 대도의 널찍한 면을 들어 막았다.

진자강이 연신 절겸도를 찍어 댔다.

따다당! 따다다당!

대도의 면에 빗살처럼 그어진 혈선에서 불꽃이 튀었다.

가무루가 수직으로 발을 차올렸다.

뻐억! 진자강은 배를 얻어맞고 위로 떠올랐다. 그러나 가무루의 눈도 찌푸려졌다. 가무루는 진자강을 공격하지 못하고 잠시 멈칫했다.

부러진 늑골의 통증이 아주 잠깐 가무루를 멈추게 했다.

진자강이 절겸도를 던졌다. 가무루가 대도의 손잡이로 절겸도를 튕겨 냈다. 진자강은 공중에서 수라경을 뻗어 튕겨진 절겸도를 잡아당겼다. 되돌아온 절겸도가 가무루의 어깨를 노렸다. 동시에 진자강은 반대쪽 절겸도로 가무루의 옆 목을 찍었다.

대도를 쥔 가무루의 손에 힘이 들어갔다. 손등에 힘줄이 한껏 돋아났다.

가무루는 좌우에서 날아오는 절겸도를 아랑곳 않고 크게 대도를 휘둘렀다. 도 날로 벤 것이 아니라 널찍한 도면으로 부채를 부치듯!

부아아아아!

엄청난 풍압이 일며 진자강을 날려 버렸다.

진자강은 바닥을 구르며 일어섰다가 허리를 숙였다. 바로 뒤이어 가무루의 도기가 날아와 진자강의 머리 위쪽 천지를 수평으로 갈랐다.

몸을 낮춘 진자강이 다시 독침을 날렸다.

섬절! 빠른 직선의 섬광이 가무루의 눈으로 날아들었다. 가무루는 대도를 내려쳐서 도기를 뿜어냄과 동시에 독침을 뭉개 버렸다. 반원의 도기가 땅을 긁으며 진자강에게 날아왔다.

진자강은 오른손을 위로 힘껏 들었다. 도풍에 날려짐과 동시에 바닥에 깔아 두었던 수라경이 가무루의 발목을 감았다. 가무루는 대도를 내려치던 그대로 몸을 띄워 회전시키며 연속으로 세 번의 도기를 날렸다. 앞선 도기보다 더 빠르게 날아와 진자강의 앞에 도달했을 때에는 네 개의 도기가 모두 똑같은 속도가 되었다.

거대한 도기가 진자강의 전면 풍경을 수 개로 분할시키며 날아들었다. 이번만큼은 도저히 피할 구석이 없었다. 진자강은 수라경 다섯 가닥을 뽑아내어 끝을 양손으로 잡고 전면에 내세워 막았다. 검기도 막을 수 있다는 장인 번우의 말을 믿을 수밖에 없었다.

떠어어어엉!

세 개의 도기가 수라경에 부딪치고 한 개는 진자강의 가슴을 갈랐다.

지 지 지 직!

튕겨진 뇌전의 불똥들이 진자강의 살과 머리카락을 태웠다.

진자강은 충격으로 내장이 진탕되어 피를 뿜으며 뒤로 날아갔다. 잡고 있던 절겸도와 수라경의 실까지 놓쳤다. 배와 가슴의 천년귀갑이 꺼멓게 타서 으적거리며 조각들이 튕겼다.

진자강을 치고도 힘이 남은 도기가 강물을 가르고 쭉 이어져 물보라를 일으켰다.

진자강이 잇새로 피를 흘리며 몸을 일으켰다.

바람이 훅 불어왔다. 가무루가 진자강의 머리를 한 손으로 잡고 번쩍 들어 올렸다. 바위조차 으스러뜨릴 것처럼 강한 악력이 머리를 조여 왔다.

진자강은 가무루의 갑주에 움푹 팬 곳을 발로 걷어찼다.

떵! 떵! 떵!

부러진 늑골을 차 대어 가무루가 움찔했으나 갑주 때문에 큰 충격은 주지 못했다. 진자강은 머리를 잡은 가무루의 손목에 자신의 손가락을 올려 찍었다.

무당파의 촌경!

가무루가 번개처럼 손을 떼고 물러섰다.

진자강의 손끝이 아무것도 없는 공간을 찍었다.

퍼어엉!

공간이 폭발했다. 강변의 흙모래가 터지듯이 비산하며 진자강과 가무루의 시야를 가렸다.

진자강은 바닥으로 내려섰다가 탄력을 이용해 튀어 오르며 가무루의 턱을 무릎으로 올려 찼다. 가무루가 팔뚝으로 무릎을 막았다. 진자강은 반대 다리로 가무루의 부러진 늑골 쪽을 거푸 걷어찼다.

떵! 떠엉!

갑주가 울리며 가무루의 눈이 일그러졌다. 가무루가 고개를 살짝 젖혔다가 진자강의 머리를 자신의 이마로 들이받았다.

빠억!

진자강은 그대로 엉덩방아를 찧으며 주저앉았다.

가무루가 주저앉은 진자강을 대도로 치려 하다가 비틀거렸다.

진자강은 몸을 앞으로 엎드리듯이 날리며 손가락 사이에서 장침을 뽑아냈다. 그러곤 가무루의 발등을 찍었다. 가무루가 비틀대면서도 뒷걸음질을 쳤다. 진자강은 가무루를 따라가며 연신 발등을 찍었다.

파파팍!

가무루는 계속 밀리면 안 되겠다는 생각이 들었는지 힘껏 발을 굴러서 한차례 뒤로 크게 물러섰다.

진자강은 그때를 기다리고 있었다.

진자강은 길게 호흡을 들이쉰 후 이를 악물었다. 바닥에 흩어진 수라경의 실들을 잡아 일으키며 앞으로 쭉 뻗었다. 그와 함께 최대의 내공을 끌어 올려 수라경에 촌경의 힘을 고스란히 불어 넣었다.

촌경의 폭발적인 기운이 수라경의 실들을 마구 춤추게 했다. 수라경의 실들이 살아 있는 것처럼, 미친듯이 진자강의 전면에서 휘몰아쳤다.

수라멸세혼!

좌아아아아악!

겁살마신의 형상이 수라경의 휘몰이에 깃들었다. 수라경이 해일처럼 가무루를 뒤덮었다. 수라경은 능히 십수 장의 범위를 감당할 수 있다. 가무루가 뒤로 피한다 해도 그보다 더 빠르게 날아가 덮칠 것이다.

단 한 번, 한 번만 긁혀도 수라혈을 피할 수 없다!

가무루의 옷이 순식간에 부풀었다. 내공을 한순간에 폭발적으로 끌어 올렸다. 대도의 끝에서 타닥타닥 뇌전이 튀었다.

가무루가 대도를 위로 치켜들었다가 벼락처럼 내리그었다.

벽력인, 일도개세(一刀蓋世)!

지 지 지 지 직!

벽력인이 수라경의 휘몰이를 태우며 반쯤 가르고 들어왔다. 무수한 불똥이 튀고 연기가 피어올랐다.

끼아아아아앙! 수라경의 휘몰이가 벽력인을 긁어 대며 귀곡성을 불러냈다. 한 치도 물러서지 않고 수라경과 벽력인이 계속해서 서로를 긁어 댔다.

진자강의 모든 기혈에서 옥허구광 오뢰합마공 팔광제의 내공이 끊임없이 몰아쳤다. 전신에 땀이 흠뻑 배어났다. 배어난 땀이 순식간에 증발해 하얀 소금기로 남았다.

머리카락이 휘날리고 옷이 펄럭였다.

수라멸세혼과 일도개세의 위력은 거의 동수.

아니, 가무루는 아직도 여력이 남았다. 가무루가 한 발을 더 내디디며 한 번 더 도를 휘둘렀다.

콰우웅! 일도개세의 힘이 한층 더해져 진자강의 수라멸세혼을 밀어냈다.

한껏 응축되어 있던 동그란 꽃망울이 한순간에 터지며 개화하듯, 벽력인이 수라멸세혼을 뚫고 나갔다.

콰드드드드!

힘을 잃은 수라경이 허공에서 나풀거렸다.

허공에서…….

허공에서!

가무루가 바로 고개를 들었다.

진자강이 자신의 앞에까지 와 있다. 진자강의 잔상이 수라멸세혼과 일도개세가 부딪치던 공간을 뛰어넘어서 줄지어 이어져 있었다.

무당파의 비전, 역잔영 혼신법!

진자강은 무리하게 내공을 운용한 탓에 코피가 터졌다. 코피가 방울방울 뒤로 날리었다.

위력적인 절초를 거푸 두 번이나 뿜어내었으니 가무루의 내공 흐름도 원활하지 못할 터!

그러나 가무루는 그 상태에서 다시 한 발을 내디뎠다. 발을 내디딤과 동시에 대도가 함께 휘둘러졌다. 또 한 번 일도개세가 펼쳐진 것이다.

괴물.

그야말로 괴물.

가무루는 끝없는 내공을 가진 것 같았다.

진자강도 일순 말문이 막힐 정도였다.

대도가 진자강의 머리 위에서부터 떨어졌다.

진자강은 급히 수라경을 자신의 팔뚝에 감고 위로 치켜들었다.

가무루가 멈추지 않고 대도로 수라경과 함께 진자강을 짓눌러 버렸다.

퍼억!

진자강은 등부터 바닥에 처박혔다.

왈칵!

등뼈에 충격을 받아서 코와 입에서 피가 뿜어졌다.

그러나 진자강은 손에서 힘을 뺄 수 없었다. 가무루의 대도가 굉장한 힘으로 진자강을 누르고 있었다.

가무루가 양손으로 대도를 잡고 대도를 눌렀다.

카칵카칵. 도 날에 걸린 수라경의 실이 갈렸다.

진자강은 필사적으로 팔에 힘을 주고 밀었으나, 가무루의 힘에 밀려 점차 팔이 내려오기 시작했다. 팔뚝에 감은 수라경이 진자강의 살을 파고들어 피가 흘러나왔다.

가무루가 내리누르는 압박은 대단했다. 진자강의 팔이 부들부들 떨렸다.

팔이 점점 굽혀졌다.

수라경이 팔뚝 살을 파고들어 피가 계속해서 새어 나왔다.

팅!

수라경 한 올이 끊어졌다.

진자강은 가무루의 늑골을 찼다.

퍽! 퍽!

가무루는 눈살을 찌푸렸으나 입에는 살기 어린 웃음이 생겨났다.

퍽! 진자강은 계속해서 늑골 부분을 찼으나 그 때문에 팔에서 힘이 빠져 대도의 날이 더 내려왔다. 대도가 진자강의 코와 거의 한 뼘 간격까지 내려왔다.

그르륵 그르륵.

팔은 떨리고 수라경은 계속 갈렸다.

진자강은 온 힘을 다해 천지발패에 집중했다. 손가락 사이로 침이 서서히 튀어나왔다. 검지를 튕겨 가무루의 얼굴로 침을 쏘아 냈다.

팍!

가무루가 고개를 틀어 얼굴로 날아드는 침을 이로 물었다가 뱉었다.

아주 살짝 가무루의 대도에서 힘이 빠졌다. 진자강은 양발로 가무루의 늑골을 찼다.

뻐억!

가무루의 얼굴이 일그러졌다. 하나 그는 여전히 꿈쩍도 하지 않았다.

진자강은 발로 땅을 지지하고 허리를 들어 올렸다.

"으아아아아아!"

그러곤 누운 채로 역잔영 혼신법의 내공 요결을 사용했다. 진자강의 몸이 좌우로 진동하며 흔들렸다. 역잔영 혼신법의 내공 운용법을 이용해 한 발에 기운을 집중하고, 그 힘으로 몸을 비틀었다. 대도가 진자강의 얼굴을 비껴 나갔다. 가무루의 대도가 진자강의 코앞을 바로 지나가 바닥에 박혔다.

쾅!

진자강은 번개처럼 몸을 뒤집어 발을 박찼다. 온 힘을 다해 몸으로 가무루의 가슴에 부딪쳤다. 가무루가 반 걸음을 휘청거리며 물러났다. 이번에는 제대로 늑골에 충격이 간 듯했다.

가무루는 땅에 박힌 대도를 꽉 잡아 더 이상 뒤로 밀리지 않게 버티면서 반대쪽 팔꿈치로 진자강의 등허리를 쳤다. 진자강은 허리가 으스러지는 고통을 느끼며 바닥을 굴렀다. 그 와중에도 양손을 뻗어 독침을 발출했다.

가무루가 대도를 틀어 옆면으로 독침을 튕겨 내곤 진자강을 걷어찼다. 진자강의 복부에 가무루의 앞꿈치가 박혔다. 내장이 흔들리며 구역질이 났다. 진자강은 이를 깨물고 가무루의 다리를 붙들었다. 다리를 완전히 붙들고 반대쪽 오금을 자신의 다리로 걸어서 가무루를 넘어뜨리려 했다.

가무루는 맨주먹으로 진자강의 얼굴을 때렸다. 권풍이 훅 치밀었다. 진자강은 다리를 놓고 가무루의 팔을 수라경으로 얽었다. 가무루가 주먹질을 멈추고 다리를 뺐다. 그 순간 진자강이 달려들어 가무루의 갑주 위를 찼다.

퍽!

조금씩 충격이 쌓였는지 마침내 가무루의 미간이 눈에 띄게 일그러졌다. 가무루가 대도를 손에서 돌렸다. 대도가 저 혼자 움직이는 것처럼 원을 그렸다.

부웅! 부웅! 진자강은 대도를 피하며 다시 갑주 위를 찼다.

퍼억!

가무루가 움찔한 순간, 진자강은 빠르게 손을 내밀어 갑주 위를 손으로 짚었다.

점을 찍듯이, 발경한다!

촌경이 갑주 위로 작렬했다.

콰드드득!

갑주가 급격하게 우그러들었다. 급하게 찍어 생각보다 큰 효과는 보지 못했다. 가무루의 내공 반탄력에 진자강의 손도 튕겨 나갔다.

그러나 일단은 이 정도로 충분했다.

가무루의 몸이 굽혀지고 이마에 땀이 배었다. 한 손이 늑골로 올라갔다. 진자강은 가무루의 허벅지를 밟고 뛰어올라 가무루의 머리를 손으로 누르며 턱을 무릎으로 올려 찼다.

가무루가 허리를 세우면서 진자강의 가슴을 머리로 들이받았다. 빡! 진자강이 튕겨 나갔다. 진자강은 튕겨 나가면서도 가무루의 머리카락을 잡고 반대쪽 손 손가락에서 독침을 뽑아 들었다.

팽그르르, 돌면서 튀어나온 독침을 잡아 가무루의 정수리에 꽂았다. 가무루가 몸을 회전시키며 진자강을 돌려찼다.

콰앙!

진자강은 그대로 나가떨어져 강변에 자라난 풀들 사이에 처박혔다. 진자강도 일어나는 속도가 아까보다 늦어졌다. 일어나서 울컥 울컥 두 번이나 피를 토했다가 다시 무릎을 꿇었다. 진자강의 손에 가무루의 머리카락과 가무루가 이마에 묶고 있던 표범 가죽띠가 잡혀 있었다.

"후우, 후우."

진자강은 피를 닦으며 숨을 몰아쉬었다. 내장이 꼬인 것처럼 속이 엉망진창이었지만 몸은 흥분으로 달아올랐다.

가무루는 강하다. 깊이를 알 수 없는 내공과 수많은 경험으로 진자강이 어떤 임기응변을 부려도 차근차근 상대한다.

단단하기가 철옹성과도 같았다.

수라멸세혼마저 정면에서 힘으로 받아 냈다. 만일 그가 멀쩡한 상태였다면 쉽게 쓰러뜨릴 수 있다는 생각은 애초에 해선 안 되었을 것이다.

진자강은 크게 심호흡을 하고 일어나 가무루를 마주 보았다.

가무루는 머리끈이 풀려 머리카락을 날리면서 진자강을 내려다보다가 대도를 들었다.

아니 들려 했다.

뜨끔!

가무루가 대도를 들다가 멈칫했다.

진자강이 가만히 가무루를 응시했다.

가무루의 숨이 고르지 못하다. 부러진 늑골이 가무루의 허파를 건드리고 있는 것이다.

철옹성에 구멍이 났다.

진자강은 내상의 충격으로 힘없이 떨리는 손을 몇 번이나 쥐었다 펴며 떨림을 가라앉혔다.

내공을 천천히 돌리며 상한 기혈을 보살폈다.

그러곤 재차 일전을 준비했다.

밀리는 건 사실이지만 승산은 있다.

한데.

가무루가 갑자기 고개를 돌렸다.

진자강도 알아챘다.

촤촤촤—!

멀리에서부터 수초들을 가르며 여승이 달려오고 있었다. 그 뒤로 기러기처럼 좌우로 여승들 십여 명이 포진하여 함께 따라오는 중이었다.

아미파!

뒤늦게 아미파가 도착했다!

얼마나 급박하였는지 아미파의 여승들은 흰 승복이 죄다 피에 젖어 있었다. 새빨간 적의를 입고 있어서 언뜻 승려들로 보이지도 않을 지경이었다.

가장 앞서 있던 인은 사태가 날듯이 달려오며 백색의 검을 앞으로 쭉 내밀었다. 다짜고짜 아무 말도 없이 가무루를 향해 검기를 뿜어내는 채로 몸을 띄웠다.

날아오는 속도가 가공하기 짝이 없었다. 한 자루의 검이 인은 사태를 끌고 나는 듯했다. 멀리에서 다가오고 있다는 걸 알아챈 순간에 벌써 눈에 띄게 가까워져 있었다. 수초들이 말리면서 뜯겨 인은 사태의 발끝에서 돌풍처럼 퍼졌다.

가무루가 무림삼존으로 불렸다고 해도 인은 사태 역시 불문의 이불 중의 한 명. 그런 이의 공격을 경시할 수는 없었다.

게다가 그것은 보통의 신기(神技)가 아니었다.

“신검…… 합일(神劍合一)!”

가무루의 눈빛이 깊어졌다.

시작부터 혼신의 일검이라니!

가무루는 진자강을 등진 채로 인은 사태의 신검합일을

마주해야 하는 상황이 되고 말았다. 그리고 그 뒤에 있는 십여 명의 아미파 여승들까지도.

가무루는 우그러든 갑주를 뜯어서 벗어 버렸다. 흉터로 가득한 건장한 몸이 드러났다. 그러나 늑골 부분은 이미 퍼렇게 멍이 들고 움푹 팬 상태였다.

가무루는 침착하게 대도를 하늘로 치켜들었다. 숨을 쉴 때마다 부러진 늑골 부분의 뼈가 오르락내리락했다.

고오오오, 발아래에서부터 내공이 일으키는 기류가 가무루의 몸을 타고 피어올랐다.

후읍! 숨을 깊게 들이쉰 가무루가 대도를 내려쳤다.

가무루의 광대한 도기가 날아오는 인은 사태를 수직으로 갈랐다.

번쩍!

인은 사태가 마치 도기를 통과한 것처럼 어느 순간 사라졌다가 좀 더 가까이에서 나타났다.

하나 분명히 온 힘을 다해 대도를 내려쳤을 텐데, 어느새 가무루의 대도가 다시 하늘로 올라가 있었다. 가무루가 연속으로 대도를 휘둘렀다.

부우우웅!

두 번, 세 번! 보이지도 않는 속도로 도기를 뿜어내었다!

달려오던 아미파 여승들이 사방으로 산개해 도기를 피했다. 도기들이 풀과 땅을 마구잡이로 갈라 버리며 날아다녔다.

그리고 검과 함께 날아오던 인은 사태의 모습이 어느 순간 사라졌다.

사라졌다 싶은 순간에 바로 가무루와 검을 맞대며 나타났다.

가무루가 내려치고 있는 중간, 인은 사태의 검이 궤도를 막으며 대도를 찌른 채로 멈춰 있었다. 아니, 그것조차 실제 모습이 아니라 잔상이었다.

부우웅.

가무루가 뒤늦게 대도를 헛치면서 비틀거렸다.

후두둑!

가무루의 옆구리가 한 움큼 뜯겨 나갔다. 터지듯이 피가 쏟아져 나왔다.

신검합일을 막기에 내공은 부족하지 않았으나, 육체가 따라가지 못했다. 늑골이 부러져 동작이 굼떠졌고, 부러진 뼈가 허파를 건드려 호흡이 달렸다.

간발의 차이로 신검합일을 부수지 못한 것이다.

곧 인은 사태가 가무루의 뒤에서 나타났다. 그러나 그녀도 멀쩡한 꼴은 아니었다.

인은 사태는 튕겨 나가 바닥을 굴렀다. 승복에는 시꺼먼 도기의 자국들이 죽죽 그어져 있었다. 가무루의 도기를 피한 것처럼 보였으나 고스란히 받아 내며 날아온 것이었다.

인은 사태가 승복 자락을 휘날리며 상체를 일으켰다. 입가에 피가 맺혀 있었다.

가무루가 곧 인은 사태를 보더니 묘한 눈빛을 지었다.

인은 사태가 이를 꾹 깨물고 손을 치켜들었다.

아미파 여승들이 사방에서 가무루를 공격했다. 여승들의 검초가 현란하게 펼쳐졌다.

가무루는 광인처럼 저항했다.

차차창! 차창!

검기와 도기가 부딪치며 쉬지 않고 빛이 산란했다. 가무루의 몸에 상처가 하나씩 늘어갔다. 아미파 여승들도 부상을 입기 시작했다.

눈 깜짝할 사이에 수십 번의 공방이 오갔다.

가무루는 피칠갑을 한 채 날뛰었다. 광포한 가무루의 반격에 여승들 몇 명이 크게 다쳐 싸움에서 이탈했다. 이대로라면 오히려 아미파의 여승들이 몰살당하고 말 것이다.

진자강은 무언가 이상한 낌새를 느꼈다.

가무루에게 공격당하지 않은 여승들조차도 숨을 헐떡이며 허덕대고 있었다.

의아한 광경이 아닐 수 없었다.

가무루는 이미 진자강에게 심각한 피해를 입었다. 그런데 어째서 아미파의 여승들이 힘을 쓰지 못하고 있는가?

"독룡 소협."

인은 사태가 상황을 지켜보며 말을 걸었다.

"움직일 수 있는가?"

인은 사태의 코와 눈에서 피가 흘렀다. 낯빛이 붉으락푸르락 변했다.

진자강은 놀랐다.

'중독!'

인은 사태의 상태가 생각보다 좋지 않았다. 느껴지는 내공의 기운이 들쑥날쑥하다. 심지어 검을 놓치지 않기 위해 꽉 쥔 손은 자르르 떨고 있었다.

인은 사태와 아미파 여승들은 중독되어 있었다.

이곳으로 오기 전부터!

심상치가 않았다.

가무루는 어느새 아미파의 여승들을 상대하면서도 여유가 생겼다. 인은 사태 쪽을 보며 송곳니를 드러내고 있었다.

"무슨 일입니까?"

인은 사태가 힘겹게 말했다.

"벌써 벽력대제가 눈치챈 모양이군. 소승이 해 줄 수 있는 건 여기까지일세."

진자강은 고개를 끄덕이곤 망설이지 않고 앞으로 나갔다.

아미파 여승들이 진자강을 보고 물러났다.

가무루가 대도를 내려 바닥을 탁탁 쳤다.

거친 숨을 쌕쌕거렸다. 아미파의 여승들이 만들어 낸 자상(刺傷)이 몸에 빼곡하다. 옆구리에서는 아직도 피가 숭숭 새었다.

가무루는 강을 바라보았다. 그의 시선이 소금을 실은 배들에 꽂혔다. 수백 척의 배들은 어느새 이 지역을 거의 다 지나가고 남은 건 부서진 배의 잔해들뿐이었다.

"후후후……."

가무루가 갑자기 웃기 시작했다.

"후후후후."

그러더니 진자강에게 물었다.

"저 배들에 무엇이 실려 있는지 아느냐?"

"독을 품은 소금."

"아니."

가무루가 진자강을 쳐다보았다.

“**아무것도** 아닌 것이 실려 있다.”

진자강은 손을 쓰려다가 잠시 멈추었다.

“아무것도 아니라면서 왜 목숨을 걸고 지키려 하였습니까.”

“조금 전까지는, 의미가 있었다. 강호 무림을 뒤엎을 수 있는 양의 독과 소금이 실려 있었지.”

지금은 의미가 달라졌다?

가무루가 인은 사태와 아미파의 여승들을 눈짓했다.

“저들이 무엇에 중독되었겠는가.”

“설마…….”

진자강은 입으로 내뱉지 않았지만, 가무루가 오도절명단을 가리키고 있다는 걸 알 수 있었다.

“시작된 거다.”

가무루가 이를 씹으며 말했다.

“강호의 침몰이.”

진자강의 눈이 찌푸려졌다.

오도절명단이 어떻게! 그리고 왜 아미파의 여승들에게 하독되었단 말인가?

진자강이 물었다.

“처음에 염왕이 성공하기 어렵다고 말한 이유는 뭡니까?”

가무루가 헛숨을 내뱉으며 말했다.

"우리 북천 사파는 오래전부터 이번 일에 관련되어 있었다. 염왕과 손을 잡고 차근차근 중원으로 들어갈 준비를 하였지."

진자강은 퍼뜩 깨달았다.

"저 배들을 빼돌릴 생각이었군요."

가무루가 눈웃음을 지었다.

"그렇다."

북천 사파는 소금 선단의 호위병 역할이었다. 하지만 속으로는 딴마음을 먹었다. 적당한 때에 배를 탈취하여 독과 소금을 차지할 생각으로!

그런데 그들이 배를 빼돌리기도 전에 이미 오도절명단이 유출되어 아미파의 여승들이 중독된 것이다.

또 다른 자들이 개입되어 있다?

가무루가 혀를 찼다.

"하지만 결국 염왕도 우리 북천도 광대가 되고 말았군."

기는 자 위에 뛰는 자, 뛰는 자 위에 나는 자.

지독히도 복잡하게 얽혔다.

"백리중이란 놈은 자신의 이익을 위해 소금의 존재를 전

강호에 알리고, 망료란 놈은 제 욕심으로 소금 선단을 한군데로 몰아넣고…….”

현교에 북천 사파에…….

사욕에 사로잡힌 개개인들에……, 유출된 오도절명단까지.

그야말로 난장판.

그것 말고는 설명할 길이 없었다.

만약 당청이 멀쩡했다 하더라도 가무루의 말처럼 성공했을지 알 수 없었을 것 같았다.

혹시나 이 모든 것이 누군가의 계획하에 생겨난 일이라면, 그자는 둘 중 하나일 터였다.

천하에 다시 없을 천재이든 아니면 아무 생각이 없는 멍청이든.

“바보 같군.”

가무루의 말에 진자강이 입술을 비틀었다.

“그 바보 같은 일에 끼어든 건 누굽니까.”

가무루가 혼잣말처럼 중얼거렸다.

“젊은 날…… 해월과 나는 서로의 이상을 걸고 싸웠다. 서로의 정의를 증명하기 위해서. 그러나 결국에 우리 북천을 쫓아낸 건 무림의 이해관계였다.”

가무루의 눈에서 깊은 배신감이 느껴졌다. 저음의 목소리가 웅웅거리고 울렸다.

"강호에서 칼잡이들의 생존이 장사치들이 튕기는 주판알처럼 이해득실을 기준으로 결정되어도 되는가? 돈 몇 푼, 땅 몇 마지기에 대의가 결정되는 강호가 올바르게 돌아가는 강호인가."

가무루가 투기를 드러냈다.

"나는 그렇게 생각하지 않는다. 이제 나는 너를 쓰러뜨리고 나를 이용한 자들을 찾아 벨 것이다. 그리고 강호에 새로운 기치를 세울 것이다!"

"안됐지만."

진자강이 내공을 끌어 올리며 가무루의 앞을 가로막듯 섰다.

"강호가 침몰해도 당신은 그 광경을 보지 못합니다. 당신의 여정은 여기까지니까."

진자강은 양손 장심의 둑에 내공을 끌어 올렸다.

아까 낫으로 벤 자리에서 수라혈이 배어 나왔다. 진자강은 작열쌍린장을 일으키며 손뼉을 쳤다.

짜악!

핏방울이 비벼지며 달아오른 손바닥에서 수증기가 일어났다. 진자강이 계속해서 내공을 일으키자 손바닥에서 더 많은 김이 뭉게뭉게 피었다.

인공적으로 만들어 낸 혈무(血霧)!

가무루의 눈이 깊어졌다. 그의 눈빛에도 긴장이 어렸다. 아까의 싸움으로 몸에 수많은 상처가 생겼다. 거기에 저 혈무가 닿으면 독이 몸속으로 침입하게 될 것이다.

가무루는 대도를 아래로 내리고 일전을 준비했다.

진자강이 양팔을 뒤로 젖혔다가 동시에 앞으로 뻗으며 수라멸세혼을 펼쳤다.

쫘아아악!

펼쳐 나간 수라경이 혈무를 끌고 마구 휘몰아치며 가무루를 덮었다.

가무루가 대도를 내려침과 동시에 도기를 일으켜 혈무와 수라경을 베었다.

쩌엉!

단단한 벽에 부딪힌 것처럼 수라경이 떨리며 튕겼다가 멈칫하고는 다시 가무루를 향해 날아갔다.

수라경이 마구 휘몰아 가무루를 덮쳤다. 가무루는 내공을 더욱 집중해 벽력인을 일으켰다.

지 지 지 직!

뇌전이 안개처럼 뿌옇게 일어난 혈무를 휩쓸었다. 혈무가 작은 핏방울이 되어 흩뿌려졌다. 일부는 대도의 혈선에 맺혔다가 흐르며 튕겼다.

직전에 입은 상처 때문에 가무루의 대도가 느려졌다. 이에 가무루는 아예 대도를 땅에 박고 순수한 장력으로 혈무와 수라멸세혼을 상대했다. 몸은 엉망이 되었어도 내공은 여전했다.

콰아아아!

가무루의 장력이 수라멸세혼의 그물망에 구멍을 뻥뻥 뚫었다. 장력에 노출된 혈무가 가무루의 몸에 닿지도 못하고 핏방울이 되어 떨어지고 있었다.

마침내 수라경이 모든 힘을 잃고 나풀거렸다. 진자강이 수라경을 회수하며 재차 뿜어내려 했다. 그때 가무루가 장력을 날려 진자강의 오른 어깨를 때렸다.

진자강이 피한다고 피했으나 어깨 쪽의 천년귀갑이 와직으깨지며 팔이 축 늘어졌다.

진자강은 무릎을 꿇고 왼손을 힘껏 땅에 박았다. 가무루의 발밑에서 수라경이 튀어나왔다.

팟 팟!

보이지도 않는 얇은 실이 바늘처럼 땅에서 위로 솟아올랐다. 가무루는 놀랍게도 순간적으로 튀어나오는 다섯 줄기의 수라경 끝을 차례로 밟고서 뛰어왔다.

가무루는 순식간에 진자강의 앞까지 도달했다. 진자강이 몸을 세워 반항하려 했으나, 이미 가무루의 손이 위로 올라가 있었다.

"죽어라."

손날에 내공이 깃들었다. 진자강의 머리가 금방이라도 두부처럼 뭉개질 것 같았다.

그때.

파파파팟!

진자강의 배, 부서진 천년귀갑을 뚫고 수라경이 튀어나왔다.

가무루의 몸이 움찔했다.

진자강의 배에서 튀어나온 빳빳한 세 가닥의 실이 가무루의 가슴을 꿰뚫었다. 허파와 심장, 내장을 관통했다.

가무루가 경직된 얼굴로 진자강을 내려다보았다. 진자강의 오른팔이 등 뒤로 돌아가 있었다.

거기에서 뻗어 나온 수라경이 진자강 자신의 몸을 관통하고 가무루의 가슴까지 꿰뚫었다.

가무루의 입에서 낮은 침음성이 흘러나왔다.

"음……."

가무루는 거칠게 숨을 들이쉬었다.

그르륵, 그르륵. 숨을 쉴 때마다 허파와 목에서 피 끓는 소리가 났다. 벌써 피고름이 들어찼다.

가무루가 뒷걸음질 쳤다. 쑤욱, 빳빳하게 꿰인 수라경이 가무루의 몸에서 빠져나왔다.

진자강이 숨을 몰아쉬면서 가무루를 쳐다보았다.

서서히, 가무루의 상체에 적멸화의 꽃이 한 잎씩 피어났다.

가무루의 얼굴이 일그러졌다.

"수라혈……."

내공이 워낙 심후하여 적멸화가 늘어나는 속도가 늦었다.

가무루가 비틀거리며 대도를 집었다. 그가 대도를 드는 순간, 진자강은 다시 수라경을 발출했다.

파파팟!

수라경이 여러 개의 작은 점이 되어 가무루의 몸을 꿰뚫었다.

가무루의 움직임이 완전히 멈추었다.

끝났다.

중독이 심해져서 가무루의 몸에 피어나는 적멸화의 숫자가 늘기 시작했다. 몸에 입은 수많은 상처들에서 피고름이 주룩주룩 흘렀다.

가무루는 더 이상 회생할 수 없을 것이다.

가무루가 비틀거리며 쓰러지려 했다. 그러나 끝끝내 무릎은 꿇지 않았다.

턱!

가무루는 대도를 땅에 박고 몸을 기대었다.

그러곤 진자강을 쳐다보았다.

"독…… 룡!"

가무루의 꾹 다문 입술에 복잡한 감정이 담겼다.

진자강이 숨을 몰아쉬며 말했다.

"마지막 말이 있다면, 들어 드리겠습니다."

가무루는 한동안 진자강을 노려보다가 걸쭉한 피거품을 토해 냈다.

그러곤 눈을 들어 진자강을 보았다.

"베어라."

가무루의 눈에 죽음의 빛이 드리워졌다.

"내 대신 그를 베어라. 해월의 후인이여. 내가 베려 한 자. 해월이 베려고 했던 자. 동시에 염왕을 타락시킨 자이며 강호를 엉망으로 만든 자."

"그게 누굽니까."

"모른다. 어쩌면…… 눈앞에 있는데도 보지 못하는 것인지도 모르지. 하나…… 그자의 영향력은 전 강호에 퍼져 있다……."

가무루의 눈과 코, 입에서 피거품이 쏟아져 내렸다.

인은 사태가 가무루의 앞에 가 검을 들었다.

"벽력대제. 마지막에는 이국땅이 아닌 중원에서 죽음을

맞게 되었으니 이 모두가 부처님의 은혜입니다. 자비를 베풀어 드릴 터이니, 부디 성불하세요."

"고맙군."

가무루는 생각보다 억울해하지 않았다.

목에서 피거품이 끓어 구룩거리는 소리로 혼잣말을 했다.

"너무 오래…… 중원을 떠나 있었어……."

인은 사태의 검이 가무루의 목을 잘랐다.

가무루의 몸이 고목나무 넘어가듯 쓰러졌다. 온몸의 상처가 곪고 터지면서 피거품이 끓어올랐다.

인은 사태가 이미 한참이나 지나가 버린 소금 선단을 바라보며 물었다.

"저 배들은 어찌 되는가?"

"하류에서 독문 삼별이 막아 낼 것입니다."

진자강은 그제야 한숨을 돌리고 물었다.

"어떻게 된 일입니까?"

인은 사태의 얼굴에 진노(震怒)가 피어올랐다. 언제나 온화한 표정을 짓고 있던 인은 사태가 이만한 분노의 감정을 드러내는 걸 진자강은 처음 보았다.

인은 사태가 노기를 억누르며 천천히 입을 열었다.

"본 파에서 반란이 있었네."

"……!"

인은 사태의 말은 진자강을 놀라게 하기에 충분했다.

그건 너무나 급작스러운 얘기였다.

불가의 성지인 아미파에서 어찌 반란이 일어났단 말인가!

너무도 경악스러웠다.

"본 파의 다수가 오늘 오전 독에 중독되었네. 반란을 제압하고 곧바로 달려오느라 늦었으니 양해하여 주게."

진자강의 입장에서는 그 몸으로 달려와 준 것만으로도 고마울 따름이었다. 독에 중독된 몸으로 약속을 지키기 위해 왔으니 보통 일이 아니었다.

하나 그보다도 아미파의 반란이 더 큰 문제였다.

심지어 그 독이 오도절명단이라면 더더욱.

진자강의 표정도 크게 굳었다.

진자강은 하늘을 쳐다보았다.

믿기 어려웠다.

"염왕이 준비한 계획 뒤에 이중 삼중의 계책이 더 있었다는 뜻으로 생각됩니다."

"그렇게 보이네. 아마도 소금을 탈취당할 때를 대비한 것이겠지."

"하지만……."

진자강은 어딘가 아귀가 맞지 않는 느낌이 들었다.

"하지만 실패하였군요."

진자강이 다시 말했다.

"외람된 질문이나, 사태께서 여기 와 계셨다는 건 반란이 확실히 실패했다는 뜻이 아닙니까?"

"그렇다네."

인은 사태도 의아한 생각이 들었는지 눈이 가늘어졌다.

"독은 소금이 아니라 찻물에 들어 있었네."

"소금이 아니라 차라니……."

"하나 생각보다 독의 양이 적어 최악의 상황에까지는 이르지 아니하였네."

진자강은 더욱 의심스러운 생각이 들었다.

"납득이 되지 않습니다."

심계가 깊은 자라면 이중 삼중으로 계획을 준비할 수는 있다. 그러나 그럴 때에는 반드시 성공하게 만들어야지, 실패하게 만드는 경우는 없다.

게다가 가무루가 말했던 것처럼 이번 일에는 너무나 많은 변수가 끼어들어 있었다.

만일 강호를 손에 넣는 게 목적이라면 당청의 계획에 최대의 힘을 실어 주면 될 터이지, 지금처럼 이중 삼중의 덫을 만들어 혼란스럽게 만들 필요는 없는 일이 아닌가.

"소협."

인은 사태가 파리한 입술로 말했다.

"아무래도 이해가 되지 않는 일이 벌어지고 있네. 나 또한 소협의 말을 듣고 보니 도무지 저들의 목적을 알 수가 없게 되었네."

인은 사태는 굳은 얼굴로 진자강에게 말했다.

"하지만 이번 일이 비단 우리 아미파에서만 일어난 것인지 의심스럽네. 당가대원에 무슨 일이 벌어지지 않았는지 염려되니 어서 돌아가 보게."

진자강은 불현듯 떠올랐다.

신호!

백리중의 군사 심학이 죽기 직전 피워 올린 신호!

第四章
대혼돈

쨍그랑!

당귀옥이 떨어뜨린 찻잔이 산산조각 나며 깨졌다.

당귀옥의 몸에 여러 개의 칼이 꽂혔다.

"어떻게 이런 일이……."

입에서 핏물이 주루룩 흘렀다.

당귀옥은 고개를 들어 자신을 찌른 이들을 쳐다보았다.

"혹시나 하였는데, 설마 너희들일 줄은…… 몰랐구나."

당귀옥의 방 안에는 십 대부터 이십 대까지 당가의 직계 후예들이 모여 있었다. 나이 든 장로 몇몇도 함께였다.

후예들이 이를 갈았다.

"이건 다 할머님이 자초하신 겁니다! 어떻게 우리를 무시하고 외부인을 들여 본 가의 가주로 만들려 하십니까!"

"맞습니다. 그러면 우리는 뭐가 됩니까?"

"우리가 죽을 고생을 하며 살아온 동안, 아무것도 안 하고 있다가 갑자기 나타난 독룡이 편하게 가주 자리에 앉는다고요? 그게 말이나 됩니까?"

"그런 놈에게 고개를 조아리는 거, 싫습니다. 죽어도 못 합니다!"

당귀옥이 울컥울컥 피를 뿜어내며 고개를 저었다.

"너희들이 왜 죽도록 내버려 두겠니. 너희는 우리 가문의 소중한, 소중한 미래인 것을……."

"소중한 미래를 뱀굴에 내팽개쳤습니까? 우리는 거기에서 몇 번이나 죽을 뻔했단 말입니다!"

"그게 얼마나 고통스러웠는지 할머님이 어떻게 아세요!"

장로들이 옆에서 끼어들었다.

"아이들의 말이 맞소이다. 말만 소중하다 하고, 가주를 그리 따르던 탈혼방주마저 가문의 죄 없는 삼십육방의 식솔들과 함께 죽음으로 내몰지 않았소이까."

"그들의 죄라면 외부에서 본 가를 위해 희생하며 살아온 죄밖에 없었소이다."

당귀옥이 고개를 가로저었다.

"독룡은…… 우리 가문을 위해 오명도 불사하고 도강언으로 올라갔소이다……. 그런데 어찌……."

"흥. 가주가 되고 싶은 마음에서였겠지."

당귀옥이 책망했다.

"당신들이 저 아이들의 마음을 다독여야 할 것을, 저리 부추겨 반동을 일으키면 어찌하는가."

"우리가 살기 위해서요. 가주, 솔직히 말해 보시오. 놈이 돌아오면 탈혼방주처럼 우리를 모두 죽였을 것이오. 아니 외까?"

"도대체 누가 그런 소리를……."

장로들이 말했다.

"그러나 그런 일은 일어나지 못할 것이오! 놈이 돌아오기 전에 우리가 먼저 당가대원을 장악할 테니."

아까부터 창밖에서 비명 소리와 창칼이 부딪치는 소리가 거푸 들려오고 있었다.

"모두가 반란에 참여한 건 아닌 모양이로군."

당귀옥이 물었다.

"독룡이 돌아오면…… 감당할 수 있겠나?"

장로들의 얼굴에 잠시 긴장이 어렸다. 그러나 곧 긴장을 떨쳐버리고 말했다.

"해월 진인조차 살아 돌아오지 못한 길을 독룡이 살아 와? 그건 불가능한 얘기올시다."

"만일 살아 돌아온다고 해도 방법은 생각해 두었소."

"놈은 우리 가문의 배신자인 하란이를 끔찍이 생각하지. 하란이와 놈의 아이를 인질로 삼고 당가대원을 걸어 잠그면 제아무리 놈이라도 함부로 들어오기는 어려울 터!"

당귀옥은 길게 한숨을 내쉬었다. 눈이 가물거렸다.

"모두가 내 잘못이구려. 가문 내치에 힘쓴다고 하면서…… 결국은 아무것도 하지 못하였으니."

장로들이 칼을 들고 다가왔다.

"우릴 원망하지 마시오."

"우리도 살아야겠기에 이러는 것이외다. 가만히 있다가 죽을 순 없지 않소."

당귀옥의 심장에 칼이 꽂혔다. 당귀옥은 죽는 순간까지 당가의 혈족인 아이들을 쳐다보았다.

"가련한 것들……."

장로 한 명이 후예들에게 말했다.

"너희들은 가주의 인장을 찾아라. 방 안 어디에 있을 것이다."

하지만 아이들이 방 안 곳곳을 뒤져도 가주의 인장은 나오지 않았다. 마음이 급해진 장로들까지 나섰으나 방 어디에서도 인장을 찾을 수 없었다.

"이런…… 가주가 우리의 낌새를 눈치채고 미리 빼돌린 게 분명하오."

"어떻게 알아챘지? 독룡이 자리를 비울 때까지 전혀 내색하지 않았거늘."

"그보다 인장이 중요하오."

"어디로 갔는지는 뻔하지. 분명히 하란이 그것일 것이외다."

장로들이 수하들을 불러 명령했다.

"당하란을 찾아라!"

* * *

인은 사태는 자신의 귀를 의심했다.

"정말…… 그리할 작정인가?"

진자강이 고개를 끄덕이며 다시 한번 대답했다.

"당가로 돌아가지 않겠습니다. 아직 할 일이 남았습니다."

진자강은 소금 선단이 지나간 민강 하류 쪽을 바라보았다.

"벽력대제가 이용을 당했건 아니건, 오도절명단을 실은 배들은 여전히 위협적입니다. 민강을 벗어나 중원으로 퍼지지 않도록, 독문 삼벌과 함께 남은 배를 섬멸할 것입니다."

"그러나 소협이 자리를 비운 사이에 당가에서 일이 벌어진다면 그것이 더욱 큰 문제가 될 걸세."

출산이 임박한 당하란이 어찌 걱정되지 않을까. 하나 진자강은 흔들리지 않았다.

"제 아내는 나를 믿고 보내 주었습니다. 내가 이대로 돌아가면 실망할 겁니다."

인은 사태는 파리한 얼굴로 진자강을 바라보다가 옅은 미소를 머금었다.

"아미타불. 그것이…… 해월 진인께서 남기고자 했던 대의로군. 어서 회복하게. 우리가 호법을 서지."

* * *

운정이 기겁했다.

"이게 다 뭐야!"

분위기가 이상해진다 싶더니 갑자기 지나가다 마주친 무사들이 돌변했다. 당하란 일행들을 마구잡이로 공격해오기 시작했다. 뿐만 아니라 벽 너머에서도 사방에서 싸우는 소리가 들려왔다.

"이쪽으로!"

당귀옥의 전갈을 가지고 왔던 시비가 당하란들을 지름길로 안내했다. 그러나 반란을 일으킨 쪽도 당가의 인물들이었다. 미로처럼 생긴 당가대원의 길을 그들도 훤히 꿰뚫고 있었다.

"배신자가 여기 있다!"

당가의 무사들이 좁은 통로로 우르르 쫓아왔다.

임이언이 당하란을 눈짓했다.

"아무래도 이쪽을 뒤쫓고 있는 모양이군."

임이언은 곧바로 뒤돌아섰다.

"내가 잠깐은 막아 주지. 하지만 오래는 못 버틸 걸세."

편복이 놀라서 만류했다.

"양팔이 부러지고 내상까지 입은 사람이 어쩌려 그러시오!"

"날 구해 놓고 제자까지 맡겼는데 내자가 잘못되면 면목이 없지. 당신이 묶어 주게."

임이언이 허리춤의 칼을 가리켰다.

편복은 당하란과 임이언을 번갈아 보았으나 방법이 없었다. 편복이 임이언의 칼을 뽑아 부러진 팔목에 대고 부목 대신 꽉 묶었다.

"이제 가시게!"

운정과 소소가 안타까운 얼굴로 임이언을 보았다.

임이언은 돌아보지 않고 바위처럼 우뚝 서서 다가오는 당가 무사들을 마주했다.

시비가 당하란을 이끌고 계속해서 길을 갔다. 네 갈래의 갈림길이 나왔다. 멀리서 달려오는 무사들의 소란스러운 소리가 들려왔다.

당하란이 참고는 있었지만 양수가 터지고 피가 흘러 바닥에 자국을 남기고 있었다. 어느 쪽으로 달아나도 발각될 것이다.

편복의 얼굴이 노래졌다.

운정이 나섰다.

"제가 막을게요!"

"젠장, 운정 도사. 그래서야 어른의 체면이 안 선다고."

편복은 짚고 있던 목발을 던져 버리고 발목을 까딱거렸다. 그럭저럭 움직일 수 있었다.

"실례하겠네."

편복이 피와 양수로 젖은 당하란의 하의 옷자락을 크게 잘라 냈다. 그러곤 당하란들이 가야 할 길의 반대쪽으로 걸음을 옮겼다. 잘라 낸 옷을 짜서 바닥에 흔적을 냈다. 당가 무사들을 유인하기 위함이었다.

"검후의 말씀이 맞아. 당 소저가 잘못되면 독룡이 왔을 때 볼 면목이 없어."

크게 심호흡을 한 편복이 다소 불편한 걸음으로 뛰었다.

"나중에 보세!"

당하란이 억지로 진통을 참으며 시비에게 물었다.

"이게 도대체 어찌 된 영문이지?"

시비가 당하란을 이끌며 다급히 말했다.

"최근에 다시 불손한 움직임이 있음을 가주께서 아셨습니다."

"으윽…… 외부에 있던 삼십육방의 일족이 주동한 게 아니었어? 그들은 모두 처리했잖아."

"맞습니다. 하지만 시작은 거기가 아니었습니다. 삼십육방도 동조한 것에 불과합니다. 거기 말고도 또 다른 비선(秘線)이 있었습니다."

혈족으로 이루어진 당가를 이만큼 뒤흔드는 세력이 있을 줄이야!

결코 갑작스럽게 벌어진 일이 아닐 터였다. 이 정도로 파고들었다면 숨 막힐 정도로 견고하던 염왕 당청의 체제하에서부터 오랫동안 치밀하게 준비되었다는 뜻이다.

"거기가…… 으윽, 어디지?"

"거기까진 찾아내지 못하였습니다. 어서 가시죠."

"와아아아!"

"이쪽이다!"

사방에서 싸움이 벌어졌다. 어느 쪽이 아군이고 적인지 보는 것만으로는 알 수가 없었다. 옆에서 무사들이 튀어나와 당하란을 보고 달려들다가 다른 무사들의 집단을 만나 칼부림을 하는 상황도 벌어졌다.

계속해서 길을 가던 도중 당하란이 걸음을 멈추었다.

"잠깐."

당하란은 운정과 소소를 돌아보았다.

"저들은 나를 노리고 있으니 여기에서 헤어지는 게 나을 거야."

당하란이 옆쪽의 비밀 통로를 열었다.

"최대한 외곽 쪽으로 빠질 수 있어."

"하지만…… 금방 독룡 도우가 올 거예요. 그때까지만 버티면……!"

"남편은 오지 않아. 일이 끝날 때까지."

"네?"

당하란은 운정 옆의 소소를 가리켰다. 소소가 운정의 손을 꼭 잡고 있었다.

"그러니까 그때까지 도사가 지켜야 할 건 내가 아니야. 알겠지?"

운정이 겁먹은 소소를 보곤, 곧 고개를 끄덕였다.

시비는 당하란을 데리고 계속해서 안쪽으로 들어갔다.

당귀옥이 당하란을 위해 안배해 둔 곳은 다름 아닌 염왕 당청의 거처에 딸린 작은 방이었다.

시비가 방으로 안내하자 당하란이 진통으로 땀을 뻘뻘 흘리면서도 멈추었다.

미리 와 있던 산파가 바로 출산을 진행했다.

"시간이 없어! 아이가 나오고 있네!"

시비가 당하란의 손에 가주의 인장을 쥐여 주었다. 당하란이 인장을 꽉 쥐고 이를 악물었다.

*　　*　　*

탈혼방 부방주 당약이 부하들 십수 명을 이끌고 당청의 거처 앞 수화문까지 도달했다.

당약의 눈길은 싸늘했다. 일전에 진자강과 임무를 수행하러 나갔을 때와는 전혀 딴판이었다.

"어디로 달아나는가 했더니 결국 이곳이었나."

이미 수화문 밖에서도 당하란의 신음 소리가 들려오고 있었다.

“좀 더, 좀 더 힘을 써요! 거의 다 됐으니까!”

산파의 목소리도 들려왔다.

당약이 손짓해서 진입을 명령했다.

그러나 탈혼방의 무사들은 무의식적으로 머뭇거렸다.

이곳은 금역이었다.

비록 인사불성인 채지만 당청은 수십 년 동안 당가를 지탱해 온 거목이며 동시에 공포의 대상.

당가의 인물이라면 이 금역에 누구도 쉽게 가까이할 수 없을 것이다.

끼익.

안쪽 방의 문을 열고 시비가 나왔다.

시비는 공손하게 고개를 숙여 당약에게 인사했다. 그러나 말투는 달랐다.

“들어오시면 안 됩니다. 아시겠지만, 이곳은 전대 가주님 때부터 금역입니다.”

당약이 코웃음을 치며 물었다.

“금역이라는 건 아무도 들일 수 없다는 뜻이겠지.”

하지만 안에서는 계속된 비명과 신음이 들려왔다.

“금역에 누군가 있구나. 누구냐.”

"하란 아기씨가 계십니다."

"잘됐구나. 마침 우리도 그분을 지키라고 하여 왔다. 여기는 이제 우리가 맡을 테니, 너는 가 보거라."

시비가 움직이지 않았다. 당약이 다그쳤다.

"우리가 지키겠다지 않으냐!"

"가주님의 명령으로 아기씨가 무사히 출산을 마칠 때까지 곁을 지켜야 합니다."

"내가 가주님의 명령을 받고 왔다. 너는 이제 돌아가라."

"죄송합니다."

당약의 눈에 살기가 어렸다.

그때, 방에서 누구의 것인지 알 수 없는 비명 소리가 울렸다.

"아아아악!"

그리고 동시에 아이의 울음소리가 났다.

"응애!"

시비가 반색하며 고개를 돌리는 순간 당약이 손을 뻗었다. 당약의 손에서 시비의 뒤통수까지 한 줄기 선이 쭉 이어졌다.

퍽!

단도가 시비의 뒤통수에 깊이 박혀 이마를 뚫고 튀어나왔다. 시비는 그대로 쓰러졌다.

당약이 명령했다.

"놈이 돌아오기 전에 아이와 처를 확보하지 않으면 우리가 죽는다. 가라."

무사들은 잠깐 망설였으나 이내 결심한 얼굴로 금역에 들어섰다.

그러곤 아기의 울음소리가 들려오는 방을 찾아 문을 박차고 들어갔다.

당약은 부하들이 당하란을 잡으러 당청의 거처 안으로 들어간 사이 만일의 사태에 대비해 밖을 지키고 있었다.

하나 아무도 당청의 거처 쪽으로는 오지 않았다. 이미 가주 당귀옥이 죽었고 반란에 가담하지 않은 수뇌부들은 공격당하고 있다.

반란을 막을 주체가 없다. 이 와중에 당하란까지 챙겨 줄 이는 없을 것이다.

당약은 부하들을 기다리고 있다가 인상을 쓰고 얼굴을 찌푸렸다. 나와야 할 부하들이 나오지 않았다.

"뭘 하는 거야! 어서 끌어내!"

"……."

답이 없었다.

응애애 응애애!

안에서는 아기의 울음소리만 요란스럽게 들려올 뿐이었다.

그러나 그것도 잠시.

이내 아이의 울음소리도 들려오지 않았다.

당약은 단도를 뽑아 들고 조심스럽게 문으로 다가갔다. 문이 닫혀 있었다.

혈향이 잔뜩 풍겨 왔다.

죽음의 냄새!

당약은 즉시 단도로 문을 그었다. 문짝이 네 조각으로 갈라졌다. 당약이 문을 발로 차며 방으로 들어섰다.

쾅!

그러나 방에 들어선 순간 당약은 경악했다.

"으윽!"

방 안에 가득한 독기(毒氣).

그것이 죽음의 냄새를 풍긴 원인이었다.

진입했던 부하들은 모두 엎어져 죽었다. 당하란에게 접근하다가 말고 쓰러져 있는 모양새로.

당하란의 출산을 도운 노파도 중독되어 이미 죽어 있었다.

당약은 내공을 끌어 올려 독기에 저항했다. 독기가 얼마나 지독한지 순식간에 피부가 따끔거리고 눈이 뻑뻑해졌다.

그리고 당하란은…….

침상에 한 다리를 올리고 걸터앉아 얇은 이불 하나를 두른 채 가슴을 드러내고 한쪽 팔로 아기를 안아 젖을 물리고 있었다.

당하란이 땀범벅이 된 채로 숨을 몰아쉬며 들어온 당약을 노려보았다.

당하란의 살벌한 눈빛을 마주한 당약은 단도를 꽉 쥐고 시선을 아래로 내렸다.

당하란이 안고 있는 아이.

젖을 빨고 있는 아이에게서부터 독기가 흘러나오고 있었다. 끔찍한 독기가.

"저것이…… 독룡의 아이……."

땀에 젖은 머리카락을 늘어뜨린 당하란이 소리쳤다.

"물러가라!"

당하란이 당약을 노려보았다. 당약은 당하란이 풍기는 위압감에 자기도 모르게 주춤거렸다. 그러나 어금니를 깨물고 한 발 앞으로 다가갔다.

아니, 다가가려다가 오히려 물러났다.

독기가 너무 심해서 엄두가 나지 않았다.

당약은 단도를 빙글 돌려서 날을 쥐고 거꾸로 들었다.

"죽어 줘야겠어."

당하란은 전혀 물러섬 없이 당약을 노려보았다.

당약이 단도를 던지려 팔을 들었다.

그런데.

소름 끼치게도 갑자기 머리 위에서 누군가의 목소리가 들려왔다.

"의선…… 망할 놈이, 마무리를 제대로 안 하고 가? 딱 산모와 아이만 살려 놓았구만."

당약이 놀라서 머리 위로 단도를 뿌렸다. 그러나 다음 말소리는 바로 자신의 앞, 밑에서 들려왔다.

"버르장머리 없는 것 같으니."

당약은 머리카락이 치솟았다.

움직일 수가 없었다.

어찌 이 목소리를 모르겠는가!

목소리가 아래에서 들려온 건, 그 목소리의 주인이 키가 작기 때문인 것을.

그가…… 그가 깨어났다.

당약은 덜덜 떨었다.

어째서 지금!

당약은 턱밑에서 뿜어져 오는 살기에 내려다보지도 못하고 있었다.

"날 볼 배짱도 없는 것들이 감히 대역무도(大逆無道)한 짓을 저질러? 고얀 놈들……."

"요…… 용서를……!"

당약은 말을 끝내기도 전에 몸이 찢겼다.

푸학!

피 보라가 일었다.

피 보라 속에서 작은 키의 인영이 당하란과 아이를 지켜보며 말했다.

"그 아이의 독이 나를 깨웠다. 과연 독룡의 아이는 달라. 나면서부터 제 목숨은 지킬 줄 아는 녀석이라니."

당하란은 인영을 지그시 바라보았다.

"아이를 보고 가시겠습니까?"

인영이 낄낄 웃었다.

"아이가 제 엄마는 살려 줬다만 할애비는 살려 줄 것 같지 않구나. 모르겠다. 언젠가…… 기회가 된다면 또 볼 수 있겠지."

인영이 아쉬운 듯 몸을 돌렸다.

당하란이 물었다.

"어디로 가십니까?"

"내가 무슨 낯짝으로 여기에 남아 있겠느냐. 그저 벌여 놓은 일이나마 작게 수습하고 가려는 것이다."

인영이 잠깐 입을 다물었다가 당하란에게 물었다.

"하란아."

“예, 할아버님.”

“네 꿈이 우리 가문의 여제였던가?”

“기억하고 계셨군요.”

인영이 핏 웃으며 말했다.

“산후조리 잘 하거라. 안 그러면 나이 들어 뼈마디가 쑤신다더구나. 새로운 가주는 건강해야지.”

인영이 방을 나서자 순식간에 사방에서 창을 든 서생들이 몰려들었다.

진자강의 손에서 살아남았던 당청의 수하들이다.

그때 당하란이 한 번 더 인영을 멈춰 세웠다.

“아이의 이름이라도 지어 주고 가지 않으시겠습니까?”

인영은 잠시 멈칫했다가 흥 하고 코웃음을 쳤다.

“응당 이 할애비가 지어 줘야 하겠다만, 어른 알기를 우습게 아는 독룡더러 고민 좀 해 보라고 내버려 둘란다. 그게 놈에 대한 내 복수다.”

인영은 뭐가 재밌는지 껄껄 웃고는 서생들을 이끌었다.

“가자.”

서생들이 인영을 따라나섰다.

당하란은 인영의 뒷모습을 보고 있다가 짧게 고개를 숙였다.

*　　　*　　　*

민강 하류.

수많은 배들이 얽혀서 난전을 벌이고 있었다.

독문과 소금을 지키는 사파, 현교 무사들 간의 싸움이었다. 나살돈과 환락천, 매광공부. 거기에 뒤늦게 빈의관까지 가세했다.

독문은 급하게 배를 몰고 오느라 조악한 나룻배를 타고 왔으나, 상대도 전선(戰船)이 아닌지라 큰 불리함이 없었다. 숫자도 적지 않아서 일단 백병전이 벌어지자 오히려 유리해졌다.

"와아아아!"

쨍쨍쨍!

"커억!"

사방에서 병장기가 부딪치는 소리와 단말마가 함께 정신없이 울렸다.

"이런! 도대체 어디서 이런 것들이 나타났는가!"

몇 되지 않는 사파의 고수들이 당황하며 소리쳤다.

"소금 위에 덮은 포대를 꺼내라! 갈라서 독을 뿌려!"

무사들이 오도절명단을 담은 포대를 꺼내어 칼로 베었다. 오도절명단의 결정이 흘러나왔다. 무사들이 오도절명단의 결정을 독문의 무인들에게 뿌리며 극렬하게 저항했다.

"독을 녹여서 칼에 발라!"

"어차피 놈들도 한번 걸리면 죽는다!"

사파와 현교의 무사들은 급한 대로 독을 죽은 시체의 피에 녹여 무기에 발랐다. 아무리 독문이라고 해도 타 독에까지 내성을 갖고 있지는 않다.

환락천의 소속 여무인들도 독분을 뿌리고, 매광공부는 독기를 품은 곡괭이를 썼다. 나살돈도 독을 바른 암기를 썼으며, 빈의관 역시 큰 관과 독을 바른 비수를 사용했다.

온갖 종류의 독이 난무하며 혼잡한 양상이 되었다.

일반적인 싸움과는 다르다. 피가 튀고 살점이 날아다니는 대신 독 비린내가 심하게 풍겼다. 독 때문에 토하거나 똥오줌을 지린 자들이 곳곳에 속출했다.

고수의 숫자는 독문 사벌 쪽이 좀 더 많았으나 이런 난전에서 눈먼 독을 피하는 건 쉬운 일이 아니었다. 독을 바른 칼에 스치기라도 하면 동작이 굼떠지고, 그러면 여기저기서 날아오는 공격을 피할 수 없게 된다.

고수와 일반 무사를 가리지 않고 여기저기서 중독이 되었다.

매광공부의 탑탁연은 괭이로 사파 무사 한 명의 머리를

쪼개 놓고 이를 갈았다.

"이 지독한 놈들이……."

싸움은 한참이나 계속되었다.

사파와 현교의 무사들도 죽음을 각오한 탓에 쉽사리 물러나지 않아 독문 사벌의 피해도 상당했다. 아예 자신들의 배에 불을 질러 버리는 자들도 있었다. 불에 탄 오도절명단의 독연이 사방으로 흩어져서 더욱 정신없는 상황이 벌어졌다.

그런 와중에 상류에서부터 반쯤 부서진 배 한 척이 떠내려왔다.

선수에 거대한 도를 든 이가 서 있었다.

대도를 본 사파와 현교의 무인들이 좋아했다. 반대로 독문 사벌의 표정은 급격하게 나빠졌다.

벽력대제 가무루는 일반적인 고수의 수준을 벗어난 초고수다. 그가 개입한다면 이 싸움은 필패다.

하나 배가 가까워질수록 표정은 반대가 되었다.

천년귀갑을 차고 대도를 어깨에 진 진자강이 광오한 표정으로 전장을 오시하고 있었던 것이다.

독문 사벌과 함께 싸우고 있던 영귀의 표정이 가장 밝아졌다.

사파 무사들의 충격은 현교보다도 더했다.

"서, 설마 대제께서!"

진자강이 가무루의 독문병기인 대도를 들고 있다는 건 가무루가 패배했다는 뜻이 아닌가!

게다가 진자강의 뒤에는 아미파의 여승들이 함께 타고 있었다. 강호의 이대 불문이며 십대 문파 중 한 곳이었던 아미파의 이름은 지금 상황에서 더욱 묵직했다.

진자강이 가장 가까운 배로 뛰어올랐다.

겁먹은 현교의 무사가 떨면서 진자강을 향해 독을 바른 칼을 휘둘렀다.

"으아아!"

촤악!

진자강의 팔을 살짝 베었다. 실 같은 피가 흘렀다.

진자강은 자신을 벤 무사를 가만히 노려보았다.

진자강의 오른팔이 늘어져 있는 걸 본 다른 무사가 용기를 내어 암기를 던졌다. 천년귀갑이 덮지 않은 진자강의 어깨와 복부에 암기가 박혔다.

진자강은 여전히 움직이지 않고 노려보기만 할 뿐이었다.

다른 자가 진자강에게 오도절명단의 결정을 퍼부었다.

진자강의 눈이 번뜩였다. 진자강은 왼손으로 벼락처럼 대도를 휘둘렀다.

진자강에게 오도절명단을 퍼붓던 자의 몸이 반으로 쪼개지며 대도가 갑판에 박혔다.

퍽!

그러더니 갑판 전체가 둘로 쪼개졌다.

쫘아악! 뱃전이 동강 나며 선체가 뒤틀렸다.

퍼어엉!

진자강이 뿜어낸 도의 위력이 뒤늦게 강물에 닿아 물기둥이 솟구쳤다.

진자강은 쏟아지는 물보라를 맞으며 대도를 내던졌다. 그러곤 허리춤에 매었던 둥그런 보자기를 풀어 한껏 치켜들었다.

펄럭!

보자기가 풀리며 거기에 싸여 있던 가무루의 목이 드러났다.

으허어어엉!

마치 가무루가 소리 없이 절규하는 듯하였다.

진자강의 전신에서 무지막지한 기세가 뿜어져 나와 온 강을 뒤덮었다.

지배자로서 눈을 뜬 진자강은 벽력대제 가무루까지 쓰러

뜨리면서 더욱 강력한 기세를 품었다. 끊임없이 뻗어 나오는 위압감은 실로 어마어마했다.

"으, 으아아……."

무사들이 가무루의 목을 보며 엉덩방아를 찧었다.

순식간에 전의를 잃었다.

진자강은 가무루의 목까지 내던지고 걸음을 옮겼다. 가라앉는 배를 넘어서 다른 배로 건너간 후, 계속 걸었다. 온갖 독연이 피어오르고 오도절명단을 뒤집어썼지만 아랑곳하지 않았다.

무사들이 무릎으로 기면서 달아났다.

그제야 사파와 현교의 무사들은 깨달았다.

진자강이 대응하지 않은 건 다치거나 겁을 먹어서가 아니다.

통하지 않는다는 걸 보여 준 것이다.

독이든 뭐든.

진자강은 차례로 배를 건넜다.

진자강이 지나갈 때 방해하는 자는 아무도 없었다. 가무루의 목을 들었을 때부터 이미 싸움은 멈춰 있었다. 모두가 기세에 질려 몸을 떨며 진자강을 바라보았다. 진자강의 앞에서 물러나며 길을 텄다. 독도 통하지 않고 무력으로도 벽력대제 가무루를 쓰러뜨린 진자강을 어떻게 이길 수 있겠는가.

자연스레 길이 열렸다.

영귀가 달려가 진자강의 앞에 무릎을 꿇었다.

진자강이 영귀를 치하했다.

“수고했습니다, 영귀.”

영귀는 감격한 표정으로 진자강을 쳐다보았다.

영귀의 눈에 걱정과 안도, 그리고 자랑스러움이 함께 깃들었다.

영귀는 눈물을 살짝 훔치고 일어나 진자강의 뒤에 섰다.

다리를 잃어 싸움에 참여하지 않고 이를 멀리서 지켜보던 환락천의 육하선이 감탄했다.

“역시 독룡! 가무루의 목 하나로 싸움을 끝내는군.”

매광공부의 탑탁연도 큰 귀를 펄럭이며 말했다.

“염왕을 넘어선 것도 모자라서 벽력대제까지……. 이제는 더 이상 변방의 용이 아냐.”

나살돈의 천면범도 노관이 탑탁연에게 말을 걸었다.

“내가 설득해 줘서 고맙지 않은가. 아니면 저기 어디 몸이 쪼개진 덩어리 중 하나가 되어 있었을 테니까.”

“흥. 차마 아니라고는 못 하겠군. 하지만 독룡의 가치를 직접 알아본 건 내 안목이다.”

탑탁연과 노관은 자연스럽게 빈의관 쪽을 쳐다보았다.

빈의관은 진자강에 의해 수장을 잃었으나 지금 이 순간만큼은 다시 가세하길 잘했다고 생각할 터였다.

강 위는 더 이상의 소란 없이 격전의 흔적만이 남았다. 소금선과 나룻배 백여 척이 부서지고 불에 타서 독한 연기를 뿜어냈다.

*　　*　　*

독문 사벌은 사파와 현교의 무사들을 포로로 잡기 시작했다. 심문해서 정보를 캐내는 것도 그들이 할 일이다.

그러나 진자강은 거기까지 지켜볼 수는 없었다.

“적당히 수습하고 우리도 당가로 달려가겠네.”

아미파에 문제가 생겼다는 걸 독문 삼벌의 수장들도 방금 들었다. 불안한 낌새를 그들이라고 모를 리 없었다.

진자강은 고개를 끄덕이는 것으로 대답을 대신했다.

진자강이 경공으로 당가대원에 돌아가자 그 뒤를 영귀와 손비가 따랐다.

독문 삼벌의 수장들이 진자강의 뒷모습을 보며 살짝 초조함을 내비쳤다.

“부디 아무 일도 없기를.”

육하선의 말을 매광공부의 탑탁연이 받았다.

"없어야겠지."

탑탁연의 말을 옆에서 복천 도장이 받았다.

"강호가 최악의 대살성을 만나지 않으려면 말이오."

독문 삼별의 수장들은 생각만 해도 끔찍하다는 듯 고개를 절레절레 흔들었다.

*　　*　　*

당가대원에 이상이 생겼음은 멀리서부터 알 수 있었다. 병장기가 부딪치는 소리가 들려오고, 연기가 피어올랐다.

진자강은 당가대원의 닫힌 문으로 다가갔다. 쇠징을 박고 철판을 대어 만든 두꺼운 정문이다.

문은 가장 먼저 장악당해 빗장이 굳게 걸려 있었다.

돌아온 진자강을 본 반도들이 놀라 외쳤다.

"독룡이다!"

"독룡이 돌아왔다!"

진자강이 조용히 읊조렸다.

"문 여십시오."

반도들이 문 뒤에서 몸으로 문을 막고 버텼다.

"버텨! 지원군이 올 때까지!"

"젠장, 지원이 올 시간이 지났잖아!"

진자강이 살기를 줄기줄기 뿜어냈다.

"두 번 말하지 않는다."

안쪽의 무사들은 전율했다. 진자강이 내뿜는 살기 때문에 오한이 들었다.

하지만 문은 당연히 열릴 리 없었다. 안쪽에서 수문장이자 당가의 직계 여걸, 당화가 외쳤다.

"돌아가라, 독룡! 너는 외부인이다. 이곳은 더 이상 네가 있을 곳이 아냐!"

진자강은 더 이상 말하지 않았다. 왼팔을 높이 치켜들고 문을 주먹으로 쳤다.

쾅! 순간 팔목에 찬 고리에서 수라경이 튀어나왔다. 수라경 다섯 가닥이 문을 관통하여 뒤쪽으로 쭉 뻗어 나갔다. 문 뒤에 있던 무사들이 순식간에 꼬챙이처럼 수라경의 실에 꿰었다.

머리뼈를 뚫고, 눈을 찌르고, 입을 관통했다.

워낙 가느다란 실이라 꿰였을 땐 자각도 거의 없었다. 그러나 직후에 꿰뚫린 부분이 심하게 간지러워지고 간지러움은 곧 고통으로 변해 갔다.

"어어?"

꿰뚫린 구멍이 부풀고 피고름이 끓었다.

"으으…… 으아아아악!"

머리를 뚫린 자는 머리를 잡고, 눈이 뚫린 자는 눈에서 피고름을 쏟아 내며 바닥을 굴렀다.

그리고 수라경이 마구 날뛰며 난도질을 시작했다.

빗장이 잘려 나가고 대문도 함께 갈라졌다.

쩌어어억!

우르르.

두꺼운 대문이 수라경에 의해 조각나며 무너져 내렸다.

마치 악귀처럼 달아오른 표정의 진자강이 무너진 조각들을 밟고 들어섰다.

수문장 당화의 눈에 진자강의 오른팔이 늘어진 모습이 보였다. 진자강의 상태가 의외로 좋지 못하다!

"죽어!"

당화가 긴 월도를 휘두르며 기습적으로 진자강에게 달려들었다.

당화의 월도가 진자강의 몸을 둘로 갈랐다. 잔상이 흩어지며 진자강이 당화의 머리 위에서 나타났다.

진자강이 뛰어내리자 오히려 당화는 위로 끌려 올라갔다. 그 짧은 사이에 위쪽 대들보에 수라경을 걸어 당화의 목을 감았다.

"크윽! 큭!"

당화는 목을 조여 오는 수라경을 잡고 허공에서 버둥거

렸다.

진자강이 이를 갈며 말했다.

"가긴 어딜 갑니까. 여기가 내 집입니다."

진자강은 망설임 없이 왼팔을 당겼다. 당화의 몸이 목과 분리되어 떨어졌다.

문을 지키던 반도들 중에 살아남은 몇이 겁을 먹고 주춤댔다.

"우, 우리는 그저 시키는 대로……."

"살려 주십시오. 대협!"

진자강은 그들도 용납하지 않았다.

"시키는 대로 했다가 실패하면 죽을 수도 있다는 건 몰랐습니까?"

무사들이 눈치를 보다가 외쳤다.

"모, 몰랐습니다!"

진자강이 왼손을 들었다.

"이제 알고 가십시오."

무사들의 얼굴에 죽음이 드리워졌다. 수라경이 발출됨과 동시에 무사들의 몸이 조각나 흩어졌다.

뒤에서 따라 들어오던 영귀와 손비는 묵묵하게 진자강의 행동을 지켜보았다.

좁은 복도처럼 이어진 당가대원의 안쪽 길에는 격전의 흔적들이 곳곳에 남아 있었다. 도검에 긁힌 흔적, 벽에 박히고 바닥에 떨어진 암기들의 흔적, 핏자국 그리고 시신들.

진자강은 쉬지 않고 안쪽으로 들어갔다.

정문과 외원은 적과 아군을 가릴 것 없이 혼란스러웠다. 가신 무사들까지 둘로 나뉘어 혼잡한 양상이었다.

그러나 대부분은 진자강을 보는 순간 무릎을 꿇었다. 아니, 무릎을 꿇어야 했다. 진자강은 무릎을 꿇지 않는 자는 가차 없이 몸을 갈라 버렸다.

진자강이 지나간 길에 남은 자는 둘 중 하나였다.

복종하여 살아남은 자, 육편으로 흩어진 자.

내원 쪽은 외원과 달랐다.

반란은 거의 제압되어 있었다. 반란을 일으켰던 자들은 대부분 죽거나 사로잡혔다.

안면이 있는 장로가 진자강을 맞이했다. 장로는 치료도 못 하고 피투성이가 된 한쪽 얼굴을 감싼 채였다.

"아내는 어디 있습니까."

"염왕의 처소에 있네."

진자강은 잠깐 멈칫했다가 곧바로 걸음을 옮겼다.

염왕 당청의 거처는 당가의 무사들이 봉쇄하고 있었다. 진자강에게는 두말없이 길을 열어 주었으나 뒤의 영귀와 손비는 막았다.

"위험합니다."

안에서 풍기는 독기가 이유를 말해 주고 있었다.

영귀와 손비는 수긍하고 밖에서 멈춰 섰다. 둘의 눈이 잠깐 마주쳤다.

둘은 미묘한 감정을 보이며 고개를 돌렸다.

진자강은 독기로 가득한 방으로 들어갔다.

당하란이 아이를 안고 진자강을 기다리고 있었다.

일반적인 출산 직후의 산모 모습과는 달랐다. 당하란은 언제 아이를 낳았냐는 듯, 완전히 의관을 정리한 상태였다. 한 올 삐침 없이 머리를 틀어 올리고 화려한 새 옷으로 갈아입었다.

반란이 일어난 와중에 이런 독기와 싸우며 아이를 낳는 것이 얼마나 힘들었을지 상상하기도 어렵다. 그러나 그렇기에 고통을 참고 단장한 것이 의미가 있다.

진자강이 아니고서야 마음대로 들어올 수도 없는 방 안.

그곳에서 오직 진자강 한 사람에게만 보이기 위해 준비한 모습인 것이다.

진자강은 울컥 감정이 치밀었다.

"다녀왔습니다."

진자강의 인사에 당하란이 당당하게 답했다.

"수고했어."

이번에도 둘이 나눈 말들은 평범한 산모와 남편의 대화라고 보기 어려웠다.

하나 이것 역시 둘에게는 의미가 있는 말이었다.

진자강은 살아오겠다는 약속을 지켰고, 당하란은 어떤 일이 있어도 아이를 지키겠다는 진자강과의 약속을 완수했다.

진자강에게 있어 유일하게 돌아올 수 있는 곳.

당하란은 진자강이 돌아올 집을 지킨 것이다.

진자강은 당하란의 앞에서 무릎을 꿇었다. 당하란이 아이를 진자강에게 넘겼다.

"잠들었어."

아직까지 탯줄이 동그랗게 달린 아이의 얼굴은 쪼글쪼글했다. 태어난 지 얼마 되지 않아 당하란도 진자강도 닮지 않았다. 그러나 분명한 두 사람의 아이였다.

당하란이 말했다.

"딸이야."

진자강은 아이의 얼굴을 손가락 끝으로 아주 살짝 쓰다

듬었다. 보들보들했다. 작은 솜털이 손가락에 쓸렸다.

포근한, 아주 오래전의 기억 속에만 남아 있는 젖내가 났다.

진자강의 혈육임을 느끼게 하는 수라혈의 독기도 물씬 느껴졌다.

진자강은 아이의 이마와 뺨에 입을 맞추었다.

눈물 한 방울이 떨어졌다.

똑.

진자강의 눈물이 아이의 볼에 떨어져 아이가 깨어났다.

"응애애! 응애!"

진자강의 입가에 미소가 머금어졌다.

한 치 앞도 알 수 없던 삶의 여정에서 마침내 진자강은 그토록 바라던 삶을 이뤄 냈다.

진자강만의 가정을.

* * *

염왕 당청은 수하들과 함께 당가대원과 멀리 떨어진 곳에서 당가대원을 바라보았다.

당가대원에서 피어오르던 연기가 점점 잦아들었다. 소화작업 중인 걸 보니 반란이 완전히 진압된 모양이었다.

수척한 얼굴의 당청이 혼잣말로 입을 열었다.

"나는 당가를 죽일 뻔하였으나, 너는 나를 살리고 당가 또한 살려 내었구나. 그러나 지키는 것이 쟁취하는 것보다 더 힘듦 또한 앞으로 알게 될 것이다."

당청은 이제 당가로 돌아올 수 없다는 걸 깨닫고 있었다. 자신의 시대는 지났다. 이미 없는 사람이 되어 버렸는데 자기가 당가에 남으면 새로운 질서가 자리 잡지 못하게 되고 오히려 혼란스러워질 것이다.

그리고 다른 무엇보다, 이대로는 참을 수 없었다.

"아귀왕……, 감히 나를 농락해? 이 대가는 톡톡히 치르게 될 게다. 가문에 얽매이지 않은 나 염왕이 얼마나 끔찍한 놈인지 알게 해 주마."

이히히히! 이— 히히히히!

*　　*　　*

비단 반란 때문만이 아니더라도, 당가의 가주인 당귀옥이 살해당한 일은 당가를 큰 충격에 빠뜨리기에 충분했다.

이번 일을 주동했던 수뇌들 몇몇은 달아났고 나머지는 잡혀서 절옥에 갇혔다.

문제는 그들의 신병에 대한 결정은 물론 뒷마무리까지, 누군가 지휘할 사람이 없다는 점이었다.

그렇다고 선불리 가주 대행을 하겠다고 나서는 이도 없었다. 진자강의 위에 서야 한다는 점이 부담스러웠다. 진자강의 존재감이 너무 컸다.

다행히 진자강이 독기를 흡수하여 당하란과 아이를 데리고 삼 일 만에 나옴으로써, 가주 대행의 이야기가 급물살을 탔다.

하나 진자강은 당가의 사위였으나 외부인의 성격이 강하고 당가 내부의 일을 잘 몰랐다. 아무래도 당가의 일을 처리하기에 적합하지 않았다.

반란을 일으킨 하나의 이유가 바로 진자강이기도 했던 만큼, 진자강 스스로도 가주 자리는 극구 사양했다.

하여 수많은 연장자들이 있음에도 불구하고 대안으로 제시된 가주 대행은…… 바로 당하란이었다.

독룡 진자강을 당가에 잡아 둘 수 있는 유일무이한 인물이며 당가를 진자강과 이어 줄 끈이기도 했다.

당하란은 거부하지 않았다.

이미 어느 정도 마음의 각오를 하고 있었다. 몇 년이 지나 능력을 인정받게 되면 그때야말로 가주 대행에서 진정한 가주가 될 수도 있을 터였다. 염왕 당청이 앞을 내다보고 던진 말이 그대로 들어맞은 것이다.

긴급하게 소집된 수뇌 회의에 참가한 숫자는 평소의 반도 되지 않았다. 그들은 만장일치로 당하란이 가주 대행이 되는 데에 찬성했다.

당하란은 장로들이 있는 자리에서도 당당하게 아이에게 젖을 먹이며 상석에 앉아 있었다. 개인의 부끄러움보다 가문의 일을 우선으로 하는 모습에 수뇌들도 감탄했다.

당하란은 마치 처음부터 그 자리의 주인이었던 것처럼 어울렸다. 절로 기품이 흘러나왔다. 당하란은 아주 어릴 때부터 이 자리에 앉을 준비가 되어 있었다.

다만 그릇이 부족한 게 단점이었으나, 진자강을 만나 갖은 역경을 겪으면서 그릇이 채워진 것이다.

수뇌들이 서로를 보며 고개를 끄덕였다.

"가장 큰 안건을 넘겼으니 바로 다음 문제를 논해야겠소. 반란을 일으킨 이들을 어찌 처리해야 하느냐를 결정해야 하오."

모두의 얼굴이 어두워졌다.

그게 가장 어려운 일이었다.

따지고 보면 모두가 같은 핏줄에 일가친척이었으니…….

한 장로가 말했다.

"가신 무사들을 제외하더라도 친족 중에서 삼 할이 반란에 가담했소. 게다가 독룡에게 반감을 가진 십 대에서 이십 대까지는 직계 후손들이외다. 그들을 모조리 죽인다면 우리 당가는 머잖아 씨가 마를 것이외다."

다른 장로가 의견을 냈다.

"하나 그렇다고 이대로 용서하자면 기강이 서지 않을 것이오. 일벌백계로 다스려야 다시는 이런 일이 벌어지지 않을 거요."

어느 쪽도 틀린 말이 없었다.

수뇌들이 당하란을 쳐다보았다. 결정은 늘 우두머리가 내려야 한다. 결정에 대한 책임을 져야 할 사람이 바로 우두머리이기 때문이다.

손이 귀해 직계의 수가 적은 당가는 타 가문과 달리 남녀의 차별을 두지 않고 능력으로 가문을 잇게 했다.

따라서 가주로서 누릴 수 있는 특권은 오직 무한의 책임 위에서만 가능하다.

권한을 가진 만큼의 책임을 지는 것.

그것이 결정권자로서의 의무였고, 절대로 외면하지 말아야 할 우두머리의 본분이었다.

수뇌들은 당하란에게 결정을 맡겼으되 자신들의 옆에 앉아 있는 진자강도 힐끗 살펴보았다.

진자강의 의견이 얼마나 당하란에게 영향을 미치는가도 당하란의 가주 대행에 있어 중요한 평가요소였다.

이것은 당하란의 가주 대행으로서 첫 시험대.

그러나 진자강은 놀랍게도 단 한 마디도 하지 않았고, 당하란 역시 진자강 쪽은 쳐다도 보지 않았다.

가문의 일에선 진자강의 입김을 벗어나 독립적으로 판단하고 결정하겠다는 당하란의 의지였다.

수뇌들은 당하란의 굳은 심지에 적이 감탄했다.

가문이 파국의 위기를 맞은 와중에 이토록 굳은 심지를 지녔다는 것은 칭찬할 일이었다.

그러나 당하란에게 내려진 첫 결정권은 실로 어려운 일이었다.

수뇌들은 당하란의 의지에 감동하여 한 마디씩을 조언했다.

"감정적으로 판단하지 않겠다면, 두 가지 면에서 이번 일을 바라볼 수 있겠네."

"첫째로, 문중오규(門中五規)에 따라 보가위국(保家衛國)에 위배되네."

보가위국. 가문을 지키고 나라를 위해 싸운다.

"둘째로, 당씨가규(唐氏家規)에 따라 수족상잔 위자축출가문(手足相殘 違者逐出家門)에 해당되네."

피를 나눈 형제를 해친 자, 가문에서 쫓아낸다.

당하란이 수뇌들의 조언에 감사하며 고개를 끄덕였다.

당하란은 자리에 있는 수뇌들을 한 번씩 돌아보고는, 결정한 듯 입을 열었다.

"우선 반란에 가담한 가신 가문의 처분을 결정하겠습니다."

자리의 모두가 이목을 집중했다.

"일반 무사들에게는 죄를 묻지 않겠습니다. 그러나 십인 이상의 무사를 인솔한 조장급은 일 년, 백인대장급은 삼 년의 절옥형에 처하고 형이 끝나면 평무사로 강등하는 것으로 합니다. 천인장급은 목을 쳐 책임을 지게 하겠습니다."

수뇌들이 술렁거렸다.

"형이 너무 약한 것 아닌가. 일 년, 삼 년이라니."

"대대로 반란을 꾀한 가신 가문은 남자들을 숙청하고 여자와 아이는 종으로 삼아 본으로 삼았다네. 또한 주동한 자들의 직계 후손은 평생 햇빛을 보지 못하도록 절옥에 가두었지."

하나 당하란의 말은 거기서 끝이 아니었다.

"더불어 가장이 절옥형에 처하여 있는 동안 그 집안의 식솔들에게는 생활비를 지급하여 생활이 곤궁하지 않도록 하겠습니다."

그 말은 수뇌들을 더욱 놀라게 하였다.

"가뜩이나 자금이 부족한 상황인데."

당하란이 수뇌들을 설득했다.

"강호의 혼란이 심상치 않습니다. 최대한 내부를 빨리 수습하고 가신 가문의 충성심을 얻지 못하면, 결국은 자중지란(自中之亂)으로 내부가 아닌 외부의 적에게 쓰러지고 말 것입니다. 모두가 아껴서 상생할 방안을 강구해야 합니다."

수뇌들이 생각하며 당하란의 말을 곱씹었다.

"하기야……. 같은 가문에서 배신자와 충신이 모두 나온 경우도 있으니 그들을 모조리 죽인다고 해결될 일이 아니겠지."

"오히려 그들을 다독이는 것이 당장의 위기에 모두를 똘똘 뭉치게 하는 기회가 될 수도 있긴 할 터."

"하지만 내부의 칼이 더 무섭다는 얘기도 있다는 걸 잊지 않으면 좋겠네."

"하면 직계에 대해서는 어떤 처분을 내릴 생각인가."

당하란은 짧게 심호흡을 하고 힘주어 말했다.

"주동했다고 알려진 자들은 이미 달아났다고 합니다. 그들은 몇 날 며칠이 걸리더라도 반드시 잡아 척살하겠습니다. 그러나 나머지는 기회를 주도록 하겠습니다."

"기회라?"

"가문에서 추방하거나 혹은 외지로 보내 가문을 위해 봉사할 기회를 주겠습니다."

수뇌들은 깊은 장고에 빠졌다.

누구나 찬성할 수 있는 완벽한 안이 아니었다. 너무 물렁하다는 인상을 주었다.

물론 지금 당가가 처한 상황을 고려하면 그나마 최선의 안이라 할 수 있었다.

염왕 당청이 쓰러지고 난 뒤, 당귀옥은 당가를 제대로 장악하지 못한 상태에서 불만을 잠재우기 위해 무리하게 피의 숙청을 했다. 그것은 입을 다물게 하는 효과는 있었을지언정 외려 불만을 품은 이들이 내부로 파고들게 만들었다.

하나 당하란은 그들을 오히려 수면 위로 끌어 올려 기회를 주려 한다는 것이다.

모두가 쉽게 동의하지 못하고 고민하던 도중, 한 명이 돌연 진자강에게 물었다.

"독룡. 자네는 비록 본 가의 태생은 아니나 이제 어엿한 본 가의 사람일세. 자네 생각을 듣고 싶군."

진자강이 의외라는 투로 되물었다.

"제 생각은 중요하지 않을 것 같습니다만."

"이 자리에서는 누구나 가주 대행에게 직언할 수 있네. 결정에 반영되지 않더라도 생각은 들을 수 있지."

수뇌들이 모두 같은 생각인지 고개를 끄덕거렸다. 사실 그들도 진자강이 얼마나 뛰어난지 알고 있었기에 그의 생각을 듣고 싶었다.

무려 염왕 당청을 무력이 아닌 명분으로 파괴한 자가 아닌가.

그러니 더욱 진자강은 어떤 생각을 갖고 있는지 궁금할 수밖에 없었다.

진자강은 고민하지 않고 대답했다.

"저는 제가 허용하지 않은 한, 등 뒤에서 칼을 들이댄 자를 살려 둔 적이 없습니다."

흠칫.

수뇌들이 움찔거렸다.

물어봤던 장로는 더욱 머쓱해했다.

진자강이 당가대원의 정문을 통과할 때의 이야기가 벌써 가문 내에 퍼지고 있었다. 문을 열라고 기회를 주었는데도 열지 않았다며 문을 지키고 있던 무사들을 모조리 죽였다고 했다. 당하란을 보러 온 그 바쁜 와중에도!

그러나 진자강에게 물어본 게 도움이 되지 않은 건 아니었다.

진자강이 가주가 되지 않은 것이 정말 다행이라는 생각을 하게 만들었던 것이다.

진자강에 비하면 당하란의 방안은 그야말로 최선 중의 최선이었다.

수뇌들은 별다른 반대 없이 차례로 당하란의 결정에 따르기로 했다.

* * *

"응애! 응애!"

진자강은 먼저 방으로 돌아와 우는 아이를 달래며 안았다.

한참 뒤, 당하란이 마저 업무를 보고 돌아와 아이에게 젖을 먹였다.

"휴."

당하란은 작은 한숨을 내쉬었다.

진자강이 미소를 머금고 물었다.

"힘듭니까?"

"아니. 예전부터 하고 싶었던 일인걸. 이 정도로 힘들다는 얘기를 해선 안 되지."

당하란다운 말이었다.

"그나저나 당신이 한 말 덕분에 내가 낸 방안이 꽤 잘 먹혀들었어. 가신 가문에서도 몇 년의 처벌을 받으면 다시 종사할 수 있다는 사실을 합리적으로 받아들이는 모양이고, 직계들도 단순 가담이 많아서 추방보다는 가문을 위해 일하는 쪽을 많이 선택했어. 고마워."

진자강이 빙긋 웃었다.

당하란은 다소 피곤한 얼굴로 기지개를 켰다.

"젖을 먹이고 좀 씻어야겠어. 그동안 아이 등 좀 쓰다듬어 줄 수 있지?"

"물론입니다."

당하란이 시비를 불러 목욕물을 준비시켰다. 그러곤 아이에게 젖을 먹인 뒤 진자강에게 맡겼다. 진자강은 당하란이 목욕을 하고 오는 동안 아이 엉덩이를 받쳐 안고 등을 쓰다듬었다.

아이가 개운하게 트림을 했다. 독기가 살짝 숨에 섞여 나왔다.

진자강이 아이를 토닥거리며 독기를 제거했다.

얼마 지나지 않아 아이는 잠이 들었다.

당하란이 돌아오자 진자강이 물었다.

"그런데 슬슬 아이 이름을 결정해야 하지 않겠습니까?"

할아버지도 할머니도 없으니 직접 지을 수밖에 없었다.

진자강과 함께 독기 속에 있던 사흘간 머리를 맞대었지만 쓸 만한 이름을 짓지 못했다.

"아명을 짓는 것도 쉬운 일이 아니군요. 이왕이면 이름이나 지어 주고 가시지 않고."

당청에 대한 투덜거림이다. 당청은 내원만 빠르게 정리하고 바로 떠났다. 덕분에 편복과 운정, 소소는 큰 부상 없이 무사했다. 검후 임이언만 다 낫기도 전에 무리하여 병이 도져 누웠을 뿐이다.

"워낙에 자존심이 강한 분이니까 여기 남아 계실 수 없겠지. 본인의 빚을 남에게 미루기도 싫으실 테고."

당하란이 피식 웃었다. 당청이 진자강에게 복수한다며 일부러 지어 주지 않고 간 게 기억났다. 왜 진자강하고만 얽히면 다들 아이처럼 사소한 일에 자존심을 세우는지 알 수가 없었다.

"그러니까 일단 소독룡(小毒龍)으로 하자."

"싫습니다."

"왜? 난 당신 생각나고 좋은데."

진자강이 무슨 소리냐는 듯 눈에 힘을 주었다.

"아이에게 소독룡이 뭡니까, 소독룡이. 그건 내 이름도 아니고 별호일 뿐입니다만."

"부르기 편하고 적당한 뜻이 담긴 게 좋지. 그런 의미에서 소독룡이라고 하면 당연히 이름을 듣는 사람들도 아이 아빠가 독룡이라는 걸 알게 될 테니까."

"설득하지 마십시오. 아명은 예쁜 이름이 좋습니다."

당하란이 곰곰이 생각하다가.

"독기 속에서 태어났으니까 독천(毒天) 어때! 세 보이고 좋지? 좋다, 독천!"

"여자아이 아명으로는 이상하잖습니까!"

"부르기나 해 봐."

진자강이 아이를 바라보았다.

"독천아."

쌔근쌔근.

"그것 보십시오. 싫어하지."

"그냥 자고 있는 거 같은데?"

당하란이 흐응? 하고 코웃음 소리를 내며 다가와 진자강의 어깨에 팔을 둘렀다. 그러곤 뺨을 묻고 바로 옆에서 진자강의 얼굴을 바라보며 말했다.

"그럼 여름에 태어났으니까 하화(夏華)는 어때? 개인적으로는 너무 가녀린 것 같아서 싫지만."

진자강이 조금 솔깃한 듯한 표정을 지었다. 하지만 고개를 저었다.

당하란은 미소를 머금었다.

"당신이 욕심부리는 거 처음 보네."

"나중에 편복 노사께 여쭤보고 도움을 받아 보겠습니다."

진자강과 당하란이 잠깐의 평온한 시간을 보내고 있는데 시비가 밖에서 전갈을 알려왔다.

"독문 사벌과 청성파 도장께서 오셨습니다. 급히 말씀을 드릴 일이 있다고 합니다."

살짝 한숨을 쉰 당하란이 몸을 일으켰다.

"집무실로 모셔라."

*　　*　　*

독문 사벌 중, 새로 빈의관의 대표가 된 백오사(白梧士)가 가주 대행인 당하란과 진자강에게 인사했다.

진자강이 아이를 안고 나온 걸 보고 복천 도장이 눈을 크게 떴다.

"호오, 그게 자네와 가주 대행의 아이로군."

환락천의 수장 육하선도 귀여움을 참지 못하고 눈을 크게 떴다.

"한데 벌써 외부와 접촉하여도 괜찮겠는가?"

나살돈의 천면범도 노관이 픽 웃었다.

"걱정도 팔자로군. 조심해야 할 건 독룡의 피를 받은 아이가 아니라 우리일걸."

"아아."

육하선도 인정했다. 그러곤 아이에게서 눈을 떼지 못하고 귀엽다는 듯 바라보았다.

"이름이 뭐지?"

"아직……."

진자강의 대답을 당하란이 가로챘다.

"소독룡이나 독천으로 지을까 생각 중이었습니다."

"아, 그런가."

한데 백오사가 아이를 빤히 보다가 말했다.

"독룡의 아이인데 못생겼네."

복천 도장을 비롯한 독문 삼벌의 수장들이 기겁했다.

태어난 지 얼마 되지도 않은 아이를 두고 무슨 눈치 없는 소리인가!

눈치가 없어도 정도껏 없어야지!

빈의관 백오사가 굳이 강조하듯 말했다.

"독룡의 아이가 못생길 거란 생각을 못 했었는데."

빈의관 백오사의 말에 분위기가 싸해졌다.

진자강의 눈이 가늘어졌다.

심지어 빈의관은 사람의 시신을 다루는 자들인지라 풍기

는 분위기도 매우 음산했다. 표정도 딱딱하다. 그런 얼굴로 못생겼다는 평을 하니 이것은 시비를 걸자는 건지 뭔지 알 수가 없었다.

하지만 정작 백오사는 말해 놓고서 웃었다.

"후후후, 놀랐나? 사실 어렸을 때 못생겨야 크면서 잘생겨진다는 말이 있지. 내가 못생겼다고 한 건 오히려 칭찬이었네."

복천 도장과 독문 삼벌이 숨을 놓았다.

"아아, 그런 얘기였나?"

"우린 또 왜 쓸데없는 데에 목숨을 거나 생각했지."

"그럴 리가. 내가 그럼 갓난아이를 두고 무슨 안 좋은 얘기를 하겠소이까. 저 눈썹 진한 것 좀 보시게. 딱 보니 미간도 단단하고 이마가 훤한 것이, 커서 여자들 여럿 울리겠어. 듬직한 장군감이야."

진자강이 싸늘하게 답했다.

"딸입니다만."

백오사가 움찔했다.

분위기가 더 싸해졌다.

복천 도장이 쯧쯧 혀를 찼다.

빈의관은 진자강과 사이가 좋지 않다. 하여 약간의 농으로 분위기를 풀어 보려 하였는데, 분위기가 더 엉망이 되고 말았다.

백오사의 얼굴이 굳었다.

"이름이……."

이름이 소독룡이라며!

독천이라며!

항변하려는 마음이 백오사의 얼굴 표정에 그대로 드러났다. 육하선이 말을 잘랐다.

"더 말하지 않는 게 좋겠군. 소질이 없으면 안 하느니만 못하지."

머쓱해진 백오사가 고개를 돌렸다.

탑탁연이 대화를 재개했다.

"본론으로 들어가지."

진자강이 먼저 물었다.

"혹시 포로로 잡은 이들 중에 금강천검이 있었습니까?"

복천 도장이 고개를 저었다.

"그들의 얘기를 들으니 처음엔 금강천검이 함께 있었던 게 사실이나, 안타깝게도 포로들 중에는 없었네."

"저도 민강 상류에서는 그의 기운을 느꼈으나 하류에서는 느끼지 못했던 것 같습니다."

기척을 완전히 감추고 달아난 것이다.

"그리고 우리가 들은 얘기들로는……."

이어서 노관이 심문하여 알아낸 사실을 설명했다.

북천 사파나 현교가 이번 일에 가담한 이유는 중원으로 들어올 발판을 만들기 위해서였다. 그러나 실제로는 서로 다른 마음을 품고 있었다고 한다.

소금은 자금이 되고 독은 무기가 된다.

하여 북천 사파는 중간에 배를 가로채 소금과 독을 모두 차지하려 했다. 그리고 현교 역시 배를 탈취해서 그것을 미끼로 백리중을 협박해 더 많은 이득을 보려 했다고 하였다.

그래서 본 황하와 장강, 양쪽으로 갔어야 할 것을 망료가 한데로 가자 했어도 반대하지 않고 따랐다는 것이다.

가만히 내버려 두었어도 중간에 북천 사파와 현교가 서로 싸우게 되었을 거라는 뜻이다.

복천 도장이 정리했다.

"염왕의 욕심에 북천이 끼어들었는데, 거기에 금강천검 백리중의 욕심이 겹쳐졌고 해월 진인의 의도가 실패로 돌아가 현교가 가담했다는 걸세. 그리고 망료란 자의 욕심에 북천과 현교의 이익이 합치하여 결국 민강에서 종국을 맞이하게 된 것이지."

진자강은 말없이 복천 도장의 얘기를 들었다.

쉽사리 이해가 되지 않았다.

염왕 당청의 계획 자체는 거의 완벽했다. 그런데 실제로 실행된 순간에 모두의 욕심이 서로 얽혀서 어디로 튈지 모르게 되어 버렸다. 외려 진자강과 당가에 유리하게 되어 음모를 막을 수 있게 됐다.

만일 아귀왕이 이 복잡하고 어디로 튈지 모르는 상황을 모두 예측하고 계산하였다면 진자강의 손에 무너지도록 내버려 두지는 않았을 게 아닌가.

나살돈의 천면범도 노관이 말했다.

"한 가지 더, 재밌는 얘기가 있었네. 오도절명단을 중간에 빼돌린 자들이 있었다고 하네."

당하란과 진자강이 크게 놀랐다.

다른 것도 아니고 오도절명단을?

환락천의 육하선이 덧붙여 설명했다.

"염왕의 계획은 오랜 시간 진행되어 왔지. 그사이에 조금씩 조금씩 빼돌린 자들이 있는 모양일세."

매광공부의 탑탁연이 끄덕였다.

"난파되지 않은 배들을 확인해 보니 소금을 덮은 포대 중에 오도절명단의 양이 유독 부족한 것들이 있었지. 개중엔 불순물이 섞인 것도 있었고. 그 양이 상당해서 추측건대 삼분지 일 이상이 빼돌려진 것 같네."

빈의관의 대표 백오사가 말했다.

"소금과 오도절명단은 오랫동안 몰래몰래 만들어져 수백 군데의 창고에 비축되어 있었소이다. 어디서 어떻게 빼돌려져도 이상한 일이 아니지. 담당자들이 책임을 피하기 위해 양이 비었어도 보고하지 않고 숨겼을 수도 있고."

하나 당하란이 부인했다.

"불가능한 일입니다. 할아버님은 귀한 재료를 허투루 관리하지 않습니다. 이중장부를 만들더라도 최소한 창고에 든 것과 난 것은 반드시 맞추어 틀림이 없도록 합니다. 즉, 창고에서 빼돌려진 게 아닙니다."

육하선이 말했다.

"운반의 호위를 북천 사파가 맡고 있었으니 그들이 빼돌렸을 수 있네."

이번엔 진자강이 반대 의견을 말했다.

"벽력대제는 나와 싸우던 때에 아미파가 오도절명단으로 중독되었다는 소식을 듣고 크게 놀랐습니다. 자신들은 중간에 독을 빼돌릴 생각이었는데 이미 독을 빼돌린 자가 있다는 걸, 벽력대제도 그때 안 겁니다."

"그렇다면 누가……. 아니 언제 독을 빼돌릴 수 있었다는 것이지?"

모두가 의아한 얼굴이 되었다.

"귀신이 곡할 노릇이라는 건가……."

심지어 오도절명단의 완성품에는 염왕의 몸에서 나오는 멸정이 포함되어야 한다. 그것을 아는 진자강은 더욱더 지금의 사태가 미심쩍기만 하였다.

한참의 침묵 후에 탑탁연이 귓불을 매만지며 말했다.

“그나저나 소금 배들을 모조리 잡아냈으니, 온 중원의 비난을 피할 길이 없게 됐어.”

육하선이 핀잔을 주었다.

“그런 각오도 없이 덤벼들진 않았잖나?”

탑탁연이 육하선의 말에 끙 하고 신음을 내며 답했다.

“처음부터 그 정도는 알고 있었지. 다만 우리야 그렇다 치더라도 당가마저 애매하게 끼인 꼴이 되어 버려서 우리 뒤를 봐줄 데가 없어졌단 말이야.”

본래는 진자강 혼자 악명을 뒤집어쓰려 했던 일이다.

그런데 지금은 아미파와 청성파, 독문 사벌까지 같은 길을 가게 되었다. 게다가 당하란이 가주 대행이 되고 진자강이 당가로 돌아왔으니, 이제는 당가마저도 발을 빼기 어렵게 되었다.

당가는 이미 소림사와도 척을 진바.

금강천검 백리중이 어떻게 나오느냐에 따라 당가는 다시 한번 최악의 위기를 맞게 될 수도 있었다.

그러나 당하란은 이미 그에 대해서도 생각해 둔 바가 있었다.

"아니, 소금은 우리가 갖지 않습니다. 만일 우리와 거래한 증서가 있다면 그만큼의 양을 상인들에게 넘기고 모자란 건 배상합니다."

"증서를 가져오지 않는다면?"

"남은 소금은 빈민의 구제에 모두 사용할 생각입니다."

"굉장한 도박이로군."

그러면서도 확실히 좋은 생각이었다.

소금에 욕심을 부리지 않는다면 최소한 무림 공적이라는 꼬리표 정도는 달지 않게 될 수도 있었다.

다만…….

육하선이 걱정을 담아 말했다.

"하지만 싸움 중에 독과 섞이거나 유실된 소금의 양이 상당하니 당가의 부담이 만만치 않을 것이오."

노관이 말했다.

"모자란 금액은 우리 나살돈에서도 최대한 출자하여 돕겠소."

다른 독문 삼벌의 수장들도 동의했다.

"한동안은 심각한 자금난에 시달리겠지만 죽는 것보다는 나으니까."

당하란이 포권으로 인사했다.

“사양할 때가 아니니 여러분의 호의, 감사히 받겠습니다.”

육하선은 따뜻한 표정으로 인사를 받았다.

“우리도 염왕의 일에 어느 정도는 개입했으니 책임이 없지 않은바, 가주 대행은 너무 미안해하지 않아도 되오.”

빈의관의 백오사가 진자강에게 물었다.

“이제 앞으로는 어찌할 예정이신가.”

진자강이 잠시 생각하다가 답했다.

“우선 오도절명단이 어떻게 흘러 나갔는지부터 알아봐야겠습니다. 아미파에서 오도절명단이 쓰였다고 하니, 아미파로 가 보려 합니다.”

“그렇습니다. 거기에서 어떻게 오도절명단을 손에 넣었는지 알아낸다면…….”

그런데 그때, 문밖에서 시비가 고하기도 전에 누군가가 급하게 외쳤다.

“가주 대행! 뵙겠소이다!”

정보를 맡은 장로였다. 장로가 당하란을 만나길 청하였다.

당하란이 들어오라 허락하니 장로가 죽간 수십 쪽을 안고 와 탁자에 우르르 내려놓았다.

“이상한 일이 벌어지고 있소!”

"이게 무엇입니까?"

당하란이 죽간을 보니 지역과 문파의 이름이 쓰여 있었다.

장로의 얼굴이 심상치 않았다.

"사고가 난 문파들이오."

"사고라니. 무슨 말씀입니까?"

장로가 믿을 수 없다는 표정으로 말했다.

"이해할 수 없는 소동들이 동시다발적으로 발생하고 있소! 내분이 벌어지고 반란이 일어나고 여기저기 싸움이 벌어지는 중이외다. 그것도 한두 군데가 아니라…… 강호 전역에서 난리가 벌어지고 있소!"

당하란은 물론이고 진자강, 그리고 독문 사벌의 수장들 모두가 경악했다.

"사실입니까?"

"사실이오."

장로가 아연한 얼굴로 죽간들을 손에 쥐고 소리쳤다.

"이게 다 중원 각지에서 보내온 소식들이외다! 본 가의 연락소 수천 개소에서!"

도무지 믿기 어려운 소식이었다.

이것이 말이나 되는 일인가!

진자강의 표정이 심각해졌다.

"지금 당장 아미파로 가 봐야겠습니다."

*　　　*　　　*

의선 안율진.

내로라하는 강호의 무림세가들 사이에서 지금껏 안씨 의가를 지켜온 것은 그의 자랑이었다.

당가대원에서 진자강을 통해 염왕의 독이 소금에 섞인다는 걸 알게 된 후, 바로 가문으로 되돌아온 것도 가문을 지키기 위함이었다.

더불어 안씨 의가와 가까운 세력이나 문파에 미리 언질을 주어 관계를 유지하는 것도 잊지 않았다.

그러나 지금, 안율진은 매우 혼란스러웠다.

"태화의 공손가에서 차남이 반란을 일으켜 가주가 사망했습니다!"

"정소의 권가문이 내분으로 전각들이 불타고 있습니다!"

"금황문의 문주가 독살당해서 제자들끼리 후계를 놓고 다툰다고 합니다!"

"연가문과 적검방이 시비가 붙어 대규모의 싸움이 발생했습니다!"

연이어 날아오는 흉보(凶報)가 안율진을 당황스럽게 만들었다.

"무, 무엇들인가? 이게 대체."

사달이 난 가문들은 하나같이 안율진이 미리 소금에 대해 정보를 흘려 준 협력 가문들이었다. 모두 조심하고 경계 중이었을 게 분명하다. 그런데 어떻게 그 와중에 독살을 당하고 내분이 일어나고 반란이 벌어지고 있는가?

아니, 심지어 독을 실은 소금 배들은 아직까지 사천에 있지 않은가!

안율진은 머리를 한 대 맞은 기분이었다.

"뭔가 잘못됐어, 뭔가……."

털썩 의자에 앉은 안율진은 무심코 고개를 들었다. 천장의 대들보 사이에서 검은 복면을 한 자가 내려보고 있었다.

안율진의 등에 소름이 끼쳤다.

"웬 놈이냐!"

매복을 들킨 자가 곧바로 뛰어내리며 비수로 안율진을 공격했다. 안율진이 내공을 일으켰다. 순간 안율진은 배 속을 바늘로 찌른 듯한 고통을 느꼈다.

"으윽!"

독이?

도대체 언제 독이!

번쩍! 살수가 날카롭게 안율진을 찔렀다. 안율진은 바닥을 굴렀다. 그가 앉아 있던 의자가 쩍 갈라졌다.

안율진은 살수를 피해 안가의 내공심법을 급히 운용했다.

독을 억누르고 내상을 치유하는 안씨 가문의 전용 심법이었다. 독기가 가득한 곳에서도 어느 정도 버틸 수 있게 해 준다.

그러나 심법을 운용한 순간 오히려 독이 더 빨리 퍼지고 창자가 끊어질 듯 아파 왔다.

의선에게 독을 쓰다니! 언뜻 어처구니없는 행동처럼 보이지만, 이런 독이라면 얘기가 다르다.

안율진은 대번에 독의 성질을 알아챘다. 이것은 자신의 심법에 맞춘 독이었다. 그래서 내공을 쓰면 쓸수록 독이 더욱 심하게 들러붙는 것이다.

그렇다고 내공을 쓰지 않을 수는 없다. 자신의 감각을 피해 대들보까지 잠입한 살수의 실력이 녹록지 않다.

살수는 시간을 끌면 끌수록 안율진이 독 때문에 불리하다는 걸 아는지 섣불리 다가서지 않았다.

하지만 마찬가지의 이유로 안율진은 최대의 내공을 끌어올려서 단숨에 살수를 제압하려 했다.

살수와 십여 초를 겨루던 안율진이 살수의 팔을 꺾고 목뼈를 비틀어 반신불수로 만들었다. 턱을 손가락으로 찔러 관절을 빼고 혀를 마비시켰다. 이제 살수는 입은 물론 목 아래를 전혀 움직이지 못해 함부로 자결할 수도 없게 되었다.

"헉…… 헉."

안율진은 살수를 제압한 후 복면을 벗겼다.

안율진의 얼굴이 일그러졌다. 안씨 의가와 동맹이나 다름없는 한 문파의 노고수였다.

심지어 그곳은 이번에 안율진이 독 소금과 관련된 언질을 넣어 준 데가 아닌가!

"당신이 어떻게…… 어떻게 나를!"

안율진은 차오르는 분노를 애써 가라앉히며 일단 몸속의 독부터 다스렸다. 독이 오장으로 잔뜩 퍼져 억누르기 쉽지 않았다.

그때 문이 열리며 안율진의 조카 안규와 일단의 무사들이 뛰어 들어왔다.

"숙부님! 괜찮으십니까!"

순간 한 가지 생각이 안율진을 스쳐 지나갔다.

살수는 안씨 가문의 장원 안에서 자신을 습격했다. 그런데도 여유롭게 독이 퍼지기를 기다렸다. 안율진이 밖에 소리쳐 도움을 청할 수도 있는데 말이다.

그 말인즉!

안율진은 자신의 안위를 걱정하며 달려오는 조카 안규의 눈을 쳐다보았다. 눈빛 깊숙한 데에 어린 살기.

그것이 지금의 모든 사태를 설명하고 있었다.

안규는 들어오자마자 안율진을 공격했다. 지독한 살기가 어린 필생의 한 수였다.

하나 이미 공격을 예측한 안율진은 안규의 한 수를 피해 버렸다.

누가 독을 썼나 했더니, 내부인이었다.

아침에…… 안규가 가져온 당과.

맛있다고 칭찬해 주었건만.

안율진은 피눈물이 났다.

"네 이놈! 내가 어떻게 너를 키우고 이 가문을 지켜왔는데!"

"용서하십시오, 숙부. 하지만 소림사와 척을 지고 우리 안씨 가문이 어떻게 살아남을 수 있겠습니까! 숙부의 목을 소림사에 가져가 용서를 구할 것입니다!"

안규가 무사들과 함께 안율진을 공격했다.

안율진은 분노했다. 어차피 사정을 보아줄 여유도 없었다. 즉시 구명의 절초를 사용하여 안규의 머리를 박살 내 버렸다. 그리고 달려드는 무사들 십여 명을 모두 때려죽였다.

그 와중에 독이 심하게 퍼져 안율진의 한쪽 눈이 터졌다.

밖에서 요란한 소리들이 들려오기 시작했다.

타 가문에서 벌어진 일이 안씨 의가에서도 벌어지고 있는 것이다!

안율진은 곧바로 밖으로 나가 빠르게 반란의 진압을 지휘했다.

안율진이 살아남았기 때문에 반란을 시도했던 자들도 당황했다.

반란은 반나절 만에 완전히 진압되었다.

안율진은 주동자와 가담자들을 모두 꿇려 놓고 고문을 가했다.

신체에서 가장 고통스러운 혈들을 골라 수십 대의 침을 빽빽하게 꽂아 넣었다. 안씨 가문의 장원이 온통 비명 소리로 가득해졌다.

반란을 일으킨 자들은 한 시진도 버티지 못하고 자백했다.

안율진을 죽이려 했던 문파의 문주가 수년에 걸쳐 그들의 반란을 충동질하고, 뒤에서 지원했다는 것이다.

안율진은 보복을 위해 즉시 남은 무사들을 소집했다. 친한 문파와 가문에도 연락을 넣었다.

강호의 돌아가는 양상이 심상치 않다는 건 알고 있었다.

그러나 당하고도 가만히 있으면 이 냉정한 강호에서는 살아남을 수가 없다. 한번 먹잇감으로 찍히면 끝이다.

"이놈들 감히…… 은혜를 원수로 갚아? 절대 용서하지 않겠다."

안씨 의가도 난리에 동참한 가문 중의 하나가 되었다.

*　*　*

남궁가는 검가(劍家)이며 무당파와 함께 장강검문을 지탱하는 두 기둥이다. 여타의 문파들이 장강검문을 탈퇴하였을 때에도 계속해서 해월 진인의 일을 도와 왔다.

일전에도 숭산에 재이검객을 파견함으로써 진자강을 뒤에서 보호했었다.

하나 남궁가는 해월 진인의 편을 드는 대가로 백리중의 정의회와는 척을 지게 됐다. 작은 사업체부터 시작해 지부의 영역까지 사사건건 부딪치지 않는 데가 없었다.

그런데 이제 해월 진인이 현교와 손을 잡았다가 도강언에서 사망하였다는 소문이 퍼졌으니, 해월 진인을 돕던 남궁가는 그야말로 난감한 상황에 처하게 된 것이었다.

검왕 남궁락.

염왕과 함께 강호에서 이왕(二王)으로 불리며 갓 환갑을 넘어선, 다소 이른 나이에 한 시대를 풍미한 초고수.

그가 가문의 후인들을 불러다 놓고 매우 신중한 얼굴로 한참이나 말없이 차를 마셨다.

이십 대부터 오십 대까지. 이십여 명의 남궁가 직계 후인들이 긴장된 표정으로 남궁락을 지켜보며 그의 말을 기다렸다. 오늘의 소집은 강호에 온갖 난리가 벌어지면서 전격적으로 이루어진 일이라, 긴장하지 않을 수가 없었다.

평소에도 남궁락은 검왕이라는 칭호에 걸맞지 않게 매우 느릿느릿한 사람이었다. 말도 느리고 행동이나 결정도 느렸다.

그런데 오늘은 유독 침묵이 길었다.

시비들이 벌써 한 사람마다 서너 번씩 찻주전자를 갈아다 놓았을 정도였다.

그러다가 남궁락이 처음 입을 연 것이 무려 한 시진 만이었다.

"그러니까……."

남궁락은 자신을 바라보는 후인들을 천천히 둘러보며 말했다.

"해월 선배가 타계한 사실은 다들 알고 있을 게야. 우리 남궁가는 그동안 물밑에서 해월 선배의 일을 물심양면으로 도왔지."

후인들이 모두 수긍했다.

그러나 해월 진인은 현교와 손을 잡았다는 최악의 오명을 쓴 채 죽어 버렸다.

"해월 선배가 거사를 준비하면서 한 말이…… 자신이 떠나고 나면 우리 남궁가는 알아서 하라고 그러더구나?"

후인들이 귀를 쫑긋 세웠다. 그게 무슨 뜻인가?

남궁락은 느긋하게 설명했다.

"우리 남궁가는 아무 대가 없이, 오직 협의 하나만을 위해 해월 선배와 함께 보이지 않는 적과 싸워 왔느니라. 한데 갑자기 본 가를 내팽개치고 자기 갈 길을 가겠다는 거야. 허허허."

남궁락이 또 말을 끊었다가 차를 우려내고 후후 불었다.

"그게 무슨 말인가…… 했더니 어제 화산파에서 연락이 왔다는 게야. 우리 남궁가가 현교와 관련이 있는지 해명하라고."

식힌 차를 마신 남궁락의 미간이 슬쩍 찌푸려졌다.

"우리 가문을 무시해도 유분수지……."

후인들이 분개했다.

"아니 어떻게 화산파가 우리에게 그런 소리를!"

남궁락이 고개를 끄덕였다.

"그런데 오늘 또 가주가 한마디 하더구나. 전날 밤 우리 가문의 사업체 몇 군데를 정의회 놈들이 습격했다고."

"네?"

"절대로 가만두면 안 됩니다!"

"강호의 혼란을 틈타 현교를 빌미로 자신들이 이익을 보겠다는 속셈이 아닙니까!"

"그렇단다. 그래서 나는 오늘, 몹쓸 결정을 해야 할 것 같구나."

남궁락이 다 마신 찻잔을 내려놓으며 말했다.

"화산파 도사들을 좀 죽여야겠다."

찻잔을 내려놓는 느릿느릿한 남궁락의 동작 끝에 순간 바람이 일었다.

번쩍!

어느새 남궁락의 손이 검을 쥔 채 하늘로 향해 있었다.

쫘악. 차를 놓은 탁자에는 흠집 하나 나지 않고 찻잔만 수십 조각으로 잘게 쪼개져 꽃잎처럼 펼쳐졌다.

남궁락이 느릿하게 납검하며 말했다.

"그다음은 장강검문을 떠난 문파들. 그리고 정의회. 마지막에는 소림사다."

*　　*　　*

"후우…… 후우우."

백리중은 완전히 거렁뱅이 꼴로 중경에 도착했다. 머리는 산발이고 온몸의 의복은 피에 절은 채로 흙먼지를 뒤집어써서 시커멨다.

어깨를 움츠린 채 몸을 바들바들 떨고 있어서 도저히 백리중처럼 보이지 않았다.

심지어 입으로는 무슨 말인가를 끊임없이 중얼거렸다.

"유베이[预备]…… 타비[泰] 바[吧]…… 푸스[波斯]…… 사우…… 아브……."

백리중은 정의회의 지부가 있는 장원의 앞에 도착했다.

백리중의 행색을 보고 경계하던 문지기가 백리중이 내민 패를 보고 당황했다.

"회주가 오셨다!"

댕 댕 댕 댕!

문지기가 다급하게 종을 쳤다.

백리중이 거친 호흡을 몰아쉬며 문지기를 옆으로 밀쳐 버리고 안으로 들어섰다. 장원 안으로 들어서자 수많은 무인들과 무사들이 몰려들었다.

백리중은 병에 걸린 사람처럼 후들거리며 안으로 들어섰

다.

"회주?"

중경 정의회 지부는 백리가와 관계된 인물이 맡고 있었다. 백리중에게 이종사촌인 도의 고수 평탁이었다.

"아니, 이게 어찌 된 겐가?"

"아르[阿尔]…… 페드라[費德拉] 차세타…… 포후다……."

허리를 구부정하게 숙인 백리중이 끊임없이 중얼거리다가 입을 닫고 앞을 가로막은 외형(外兄) 평탁을 올려다보았다.

"……켜."

"뭐라고?"

그런데 되묻는 평탁의 눈빛이 어딘가 이상했다. 평탁은 백리중의 상태를 유심히 위아래로 훑어보며 물었다.

"회주, 어디 아픈가? 아까부터 무슨 이상한 소리를 중얼거리는 것이야."

백리중이 헉헉대며 평탁을 노려보았다. 눈가가 불그스름한 것이 많이 아파 보였다.

도무지 이해할 수 없게도, 그런 백리중을 보던 평탁의 입가에 조금씩 미소가 어리기 시작했다.

그 순간 주욱! 백리중의 검 천주인이 평탁의 몸을 사선으로 갈랐다.

"……?"

평탁은 눈을 시퍼렇게 뜬 채 막 도의 손잡이를 잡으려던 자세 그대로 절명했다.

평탁은 원래 백리중을 공격하려 했던 것이다!

그러나 아무것도 하지 못하고, 심지어 막 공격을 시도하기도 전에 백리중에게 먼저 당하고 말았다.

비스듬히 갈라진 평탁의 상체가 몸통에서 미끄러져 바닥으로 떨어졌다.

백리중이 평탁의 불순한 의도 따위 아무 관심 없다는 듯 말을 내뱉었다.

"비키라고."

주변을 둘러싸고 있던 무사들이 뒤늦게 백리중을 공격해왔다.

백리중은 거의 보이지도 않는 속도로 천주인을 휘둘러 덤벼든 무사들을 모조리 베어 버렸다.

그것은 그야말로 눈 깜짝할 사이였다.

더 이상 앞을 막은 이들이 없어지자 백리중은 거리낌 없이 바닥에 떨어진 평탁의 상체를 질질 끌고 장원 안으로 들어갔다.

평탁의 상체가 끌리면서 바닥에 난 핏자국이 끔찍하기 이를 데 없었다.

백리중의 눈은 완전히 맛이 가 있었다. 백리중은 가문의 이종형과 무사들이 자신을 공격한 이유를 몰랐지만 지금은 딱히 알고 싶은 생각도 없었다.

"페드라…… 차세타…… 바라모……."

第五章

이불(二佛)

소림사의 방장인 대불 범본은 방장실에 쭈그려 앉아 불경을 읽고 있었다. 워낙 거대한 체구인지라 좁지 않은 방임에도 방의 반을 홀로 채운 느낌이었다.

멸마승 무각을 비롯한 절복종의 수장 희능, 그리고 절복종의 고위직 승려들이 범본을 찾아왔다.

하나같이 화가 나 있는 얼굴들이었다.

절복종의 승려들이 따졌다.

"도대체 언제까지 미루고 있을 텐가!"

"정법행을 선포한 지가 벌써 한 달이 넘어갔네!"

"보게. 홍수와 역병 때문에 정법행을 멈춘 사이 강호에 무슨 일이 벌어지고 있는지. 모두가 눈이 시뻘게져 서로를 잡아먹으려 하네. 이 모두가 정법행이 늦어졌기 때문이 아닌가!"

희능이 싸늘하게 범본을 내려다보며 말했다.

"정법행을 잠시 멈추고 기다린 것만도 매우 이례적인 일이었음을 잊고 있는 겐가? 장문 사질이 섭수종의 수장이기 때문에 절복종의 정법행을 반대하고 있는 거라면, 나도 더는 참을 수가 없을 것이야."

범본이 눈이 보이지 않는 실눈으로 눈웃음을 지으며 녹옥불장을 앞으로 내놓았다.

"이것을 말씀하신다면, 드리겠습니다."

절복종의 승려들 눈에 힘이 들어갔다.

"우리가 녹옥불장을 받고자 온 줄 아는가?"

범본이 두툼한 손바닥을 들어 보이며 특유의 웅웅거리는 목소리로 말했다.

"왜 오셨는지, 왜 화가 나셨는지 알고 있습니다. 한 가지, 드리고 싶은 말씀이 있으니 마음을 가라앉히시지요. 차를 내어 드리겠습니다."

범본이 그 큰 덩치와 솥뚜껑 같은 손으로 차를 우려내어 대접했다.

절복종의 승려들이 마뜩잖은 표정으로 자리에 앉았다.

희능이 무각을 쳐다보았다가 찻잔을 들어 맛을 보았다.
범본이 물었다.
"맛이 어떻습니까?"
팔을 제대로 쓰지 못하는 무각은 다른 승려가 찻잔을 들어 마실 수 있게 해 주었다.
무각은 찻물을 마시자마자 바로 뱉었다.
"퉤! 이게 뭐냐."
차를 마신 절복종의 승려들 모두가 미간을 찌푸렸다.
"쓰고 떫고 밋밋하기만 하군."
"장문 사질. 솔직히 매우 불쾌하네. 우리의 방문이 아무리 달갑지 않다 한들 이런 경우는 너무하다 싶어."
"상등품의 차가 전 지역에서 들어오는 것으로 아는데, 우리에게는 어찌 이런 차를 내놓는단 말인가?"
그러나 항의를 받고도 범본은 흐뭇한 미소를 머금었다.
"좋은 맛은 나지 않습니다. 하나 이유를 들으신다면 납득하실 것입니다."
"흐음?"
"이 차는 사실 방장실 뒤쪽에서 자란 차나무의 찻잎을 덖어 만들었기 때문입니다."
"흐음."
절복종의 승려들이 침음성을 냈다.

방장실 뒤에는 너른 구덩이들이 있다. 단순한 구덩이 부지가 아니라 경내의 모든 변소에서 나온 똥오줌을 가져와 한데 모으는 거름 구덩이였다. 짚과 겨 등을 섞고 부패시켜 거름을 만든다. 당연히 파리와 벌레가 끓고 냄새가 진동했다.

그리고 그 냄새는 고스란히 방장실로 몰려온다.

범본이 돌아보고 말했다.

"이런 오물조차 견뎌 내지 못한다면 그보다 더 괴로운 중생의 삶은 어떻게 짊어지겠느냐, 장문은 남들의 머리 위에 있는 사람이 아니라 가장 아래에 있는 사람이다. 조사께서도 누군가 지옥을 가야 한다면 그 처음은 방장이 되어야 한다…… 그런 의미로 방장실 뒤에 거름 구덩이를 만드셨다고 합니다."

"그렇지……."

범본이 말을 이었다.

"저는 방장이 되던 해부터 한 가지 궁금한 것이 있어 거름 구덩이 위에 계속해서 차나무 씨를 뿌려 왔습니다."

한 승려가 당연하다는 듯 말했다.

"거름 구덩이에서 차나무가 자랄 리 없지. 차나무는 깊게 뿌리를 박아야 사는 것인데."

"그렇습니다. 뿌리도 그러하지만 아시다시피 오물의 독기 때문에 거름 구덩이에서는 좀처럼 풀이 자라지 못합니다. 씨를 뿌려도 그 위에 다시 똥오줌이 덮이면 자라지 못하고 죽어 버리지요."

범본이 잠시 말을 멈췄다가 이었다.

"하나 저는 그만두지 않았습니다. 그러다가 몇 해 전, 거름 구덩이에서 좀 떨어진 곳에서 차나무 몇 그루가 겨우 자라기 시작했습니다. 씨앗이 바람에 날려 거기에서 자란 것인지, 아니면 거름을 옮기다가 씨앗을 떨어뜨려 자란 것인지는 모르겠습니다만…… 아무튼 거름에서는 자라지 못하고 다른 데에서 난 것이지요."

범본이 설명했다.

"저는 또다시 몇 해를 기다려 겨우 이만큼의 찻잎을 얻었습니다. 그런데 지금 맛보신 것처럼 여전히 떫고 맛이 없습니다. 하도 벌레가 먹어 제대로 멀쩡한 찻잎도 거의 없었습니다. 거름은 적당히 쓰면 작물이 잘 자라는 데 도움을 주지만 그 자체로는 너무 독해 꽃을 피울 환경을 만들지 못하는 것입니다. 저는 그것을 십수 년 만에야 겨우 알게 된 것이지요."

절복종의 승려들은 조금 이상한 기분을 느꼈다. 앞뒤의 어감이 어딘가 미묘하게 어긋난 듯하지 않은가.

도대체 왜 십수 년 동안 쓸데없는 짓을 한 건지도 알 수 없었다.

범본이 작은 단지를 꺼내 그 안에 든 찻잎을 덜어 승려들의 앞에 늘어놓았다.

아까와는 달리 향긋한 냄새가 물씬 풍겼다.

냄새만 맡아도 굉장한 고가의 찻잎이라는 걸 알 수 있었다.

"서호용정(西湖龍井)입니다. 맛과 향이 아까의 것과 달리 아주 깔끔하고 맑습니다."

승려들은 서호용정차를 마셨다. 아까와 비교해 향과 맛이 매우 뛰어났다. 입에 남은 떫은맛을 헹구고자 몇 번이나 그것을 우려내어 마실 정도였다.

희능도 입가심을 한 뒤에 물었다.

"장문 사질은 무슨 말을 하고자 하는가? 굳이 거름 구덩이에서 자란 차와 서호용정을 품평하는 이유가 무엇인가?"

범본이 천천히 일어나 거름 구덩이 방향의 창문을 열었다.

여름의 끝이라 더욱 독한 냄새가 풍겨 왔다. 일반인은 참기 어려운 역한 냄새였다. 방금 전 맡았던 향긋한 차향과 대비되어 한층 고역스러웠다.

승려들은 인상을 찌푸렸다.

그러나 범본은 아무렇지 않은 듯 깊게 숨을 들이쉬며 미소지었다.

"세상의 오물을 두려워하지 말라. 오물 속에 스스로를 담가 중생을 계도하라. 우리가 지옥에 가지 않으면 누가 지옥을 가겠느냐. 선사께서 하신 말씀입니다."

절복종의 승려들은 더 참기가 힘들어졌다. 아무래도 아까부터 말이 이상하였다.

그런데 범본은 한동안 말을 하지 않고 있다가 창밖을 가리켰다.

"저것 보십시오. 이제 시작하는군요."

절복종의 승려들이 일어나 창밖을 바라보았다.

그러곤 깜짝 놀랐다.

"아니?"

일꾼들이 잔뜩 흙 수레를 끌고 와 거름 구덩이를 메우고 있었다. 조사 때부터 상징적인 의미를 담고 만든 거름 구덩이를!

"이게 무슨 짓인가!"

놀란 절복종 승려들의 외침에 범본이 대답했다.

"거름 구덩이를 메워 버릴 것입니다."

"뭣이?"

범본이 빙긋 웃으며 돌아보았다. 그러곤 말했다.

"저는 조사도, 선사께서도 모두 틀렸다고 생각합니다.

오물에 섞이면 오물이 되고 거름에 섞이면 거름이지, 그 안에서 어떻게 세상을 구하겠습니까?"

절복종 승려들은 놀라서 범본을 바라보기만 하였다.

범본이 서호용정의 찻잎이 담긴 단지를 들어 보였다.

"사백숙들께서도 떫은 차는 맛보다 말고 서호용정차를 계속 드셨잖습니까? 왜 맛도 없는 차를 내놓았느냐, 제게 항의까지 하셨지요. 이 향긋한 차처럼, 세상에는 적당한 돈을 주면 구할 수 있는 좋은 물건이 많습니다. 더럽고 냄새나는 오물은 사람들을 멀리하게 만들지만, 부(富)는 사람들을 불러 모읍니다. 내가 줄 수 있는 게 있어야 사람이 모이고, 내게 얻을 게 있어야 내 말을 들을 준비가 됩니다. 그래야 계도도 구원도 할 수 있는 것입니다. 그게 제가 깨달은 세상의 이치입니다."

절복종 승려들의 얼굴이 붉어졌다.

희능이 노하여 외쳤다.

"장문 사질! 자네의 궤변을 더 이상은 듣지 못하겠군! 나는 정법행의 재개 여부에 대해 알고자 왔지, 사질의 엉터리 깨달음을 듣고자 온 것이 아니야!"

순간 범본이 서호용정이 담긴 단지를 들어 희능의 머리를 후려쳤다.

콰장창!

단지가 깨지고 말린 찻잎이 사방에 흩어졌다.

범본이 미소를 지은 채 말했다.

"아직, 내 말이 끝나지 않았습니다."

모두가 얼어붙었다.

범본의 이 같은 행위는 실로 믿기 어려운 짓이었다.

어떻게 감히 사숙의 머리를 차 단지로 내려친단 말인가!

희능의 눈썹이 크게 치켜 올라갔다. 철두공 때문에 머리에는 긁힌 상처 하나 남지 않았다. 그러나 범본의 행위에 분노하여 얼굴이 새빨개졌다. 주름진 뺨이 부들부들 떨렸다.

희능이 머리에 쏟아진 찻잎을 털어 낼 생각도 않고 이를 갈며 범본을 노려보았다.

"하고 싶은 말을 마음껏…… 해 보아라. 그러나 그것이 사질이 장문으로서 할 수 있는 마지막 말이 될 것이다."

희능은 마침내 녹옥불장으로 장문의 자리를 박탈할 생각이었다!

범본이 웃으면서 말했다.

"감사합니다. 매우 중요한 얘기를 하려던 참이라서."

절복종 승려들이 범본을 노려보며 말을 기다렸다.

"어서 하게!"

범본의 입이 길게 벌어지고 이가 드러났다.

범본이 말했다.

“오늘 이후로 이제 우리 소림에 절복종은 없습니다.”

이미 심상치 않은 분위기는 모두가 느끼고 있었다. 때문에 희능은 범본이 말을 마치자 더 기다리지 않고 바로 소리쳤다.

“무력으로 제압하라!”

절복종의 승려들이 내공을 끌어 올렸다.

그러나 곧 그들의 얼굴에 당혹감이 어렸다.

희능도 내공을 끌어 올리다 말고 크게 놀랐다.

“내공이……!”

독이다. 독이 기혈에 들러붙어 있다가 내공을 끌어 올리는 순간 내장을 파괴하며 급속도로 몸속에 퍼지기 시작했다.

희능이 이를 갈며 눈을 치켜떴다.

“네 이노옴!”

일갈하는 희능의 얼굴에 솥뚜껑만 한 범본의 손바닥 그림자가 드리워졌다.

빽!

희능은 범본의 일격에 비틀거리며 그대로 무릎을 꿇었다.

희능은 잠깐 정신을 잃었다가 빠르게 몸을 추스르며 억지로 내공을 끌어 올려 양 주먹을 뻗었다.

퍽 퍽! 범본의 배에 희능의 주먹이 꽂혔지만 주먹은 범본의 배에 파묻혔을 뿐이다. 바위도 뭉개는 희능의 권이 아무런 효과도 보지 못했다.

범본은 다시 희능의 머리를 두툼한 손바닥으로 내려쳤다.

빠억!

희능의 코가 뭉개지고 이빨이 튀어 나갔다. 희능은 무너지듯 쓰러졌다.

"나를 던져라!"

멸마승 무각의 목소리였다. 한 승려가 무각을 범본에게 던졌다.

무각이 검지를 뻗어 범본의 정수리를 짚었다.

범본은 그 큰 손으로 무각의 뼈만 남은 가녀린 손가락들을 감싸 쥐어 버렸다.

무각의 눈이 번쩍 뜨였다.

구우우우—!

무각의 손을 쥔 범본의 손이 크게 진동했다. 범본이 손에 힘을 주고 꽉 말아 쥐었다.

우드드득!

피가 흘러내렸다. 범본이 손을 펼쳤다. 손바닥이 피투성이가 되어 있었다. 그러나 범본의 손바닥은 상처 없이 멀쩡했다. 찢어지고 부러진 건 무각의 손가락이다.

무각이 고통스러운 표정을 지었다.

"너 이놈……."

"사백조. 나이가 들면, 후배들의 삶을 지켜보고 응원할 줄도 알아야 한다고 생각합니다. 절대적이라고 믿었던 도덕적 기준도 시대가 바뀌면 함께 변하는 것입니다."

"이 노오옴! 우리가 고작 시대가 바뀐다고 변하는 진리 따위나 추구하고 있었느냐아!"

범본은 한 손으로 무각의 머리를 잡아 창밖으로 던졌다.

"그럼 어디 거름 구덩이 안에서 세상을 구해 보시지요."

우지끈!

무각의 작은 몸뚱이가 창문을 부수고 거름 구덩이까지 날아가 빠졌다. 몸을 움직일 수 없는 무각은 거름 구덩이에서 스스로 빠져나올 수도 없을 것이다.

일꾼들이 범본을 쳐다보았다.

범본이 명령했다.

"신경 쓰지 말고 묻게."

일꾼들은 범본의 말을 따르지 않을 수 없었다. 일꾼들이 수레의 흙으로 무각이 빠진 거름 구덩이를 메우기 시작했다. 거름과 흙더미의 사이로 무각의 한 손이 삐죽 올라와 있었다.

"이 잔인한! 어떻게 사백을 생매장시킬 수가 있어!"

절복종의 승려들이 범본의 등을 공격했다. 발로 차고 주먹으로 치고 장으로 때려도 범본은 꿈쩍도 하지 않았다.

범본이 고개를 돌렸다. 가느다란 눈이 뜨이며 눈동자가 보였다.

절복종의 승려들이 이를 갈았다.

"당장 그만두지 못할……!"

범본이 손바닥을 휘둘렀다. 손바닥에 맞은 승려들은 팔다리가 부러지고 벽에 날아가 처박혔다.

"끄윽……."

"으으……."

승려들이 피를 뿜으며 가물거리는 눈으로 범본을 바라보았다.

범본이 미소 지었다.

"한 가지는 약속드립니다. 우리 소림의 정법행은 멈추지 않고 계속될 것입니다."

*　　*　　*

영귀와 함께 떠나는 진자강을 당하란이 배웅했다.

당하란이 아이를 안고 진자강에게 말했다.

"비록 대행이지만, 나는 지금 당씨 가문의 가주야. 내가 가주로 있는 이상 당신을 내치는 일은 없어. 괜히 부담 주기 싫다고 중간에 딴 데로 새면 안 돼."

모자란 소금을 당가의 재원으로 모두 채워서 상인들에게 돌려주겠다고 한 것. 그것은 절대로 진자강 혼자 오명을 쓰고 감당하도록 내버리지 않겠다는 당하란의 각오다.

"때마침 강호에 온갖 사달이 나고 있으니 어떻게든 버텨 볼 수 있겠지. 우리뿐만 아니라 아미파와 청성파까지 개입되었으니까, 상황이 생각보다 괜찮아."

진자강이 빙긋 웃었다.

"가긴 어디로 갑니까. 여기가 내 집인데."

"좋아. 당신에겐 그 정도 뻔뻔함이 필요했어. 그런데 그 뻔뻔함 때문에 조금 마음에 걸리는 게 있네."

"무슨 뜻입니까?"

"가주가 됨으로써 나의 오랜 결핍은 채워졌어. 당신은?"

진자강은 잠시 생각하다가 당하란과 아이를 차례로 보며 대답했다.

"채워졌습니다."

하지만 당하란은 오히려 날카로운 눈빛으로 진자강을 째려보았다.

"그럼 이제 바람피울 구실은 없는 거야. 무슨 말인지 알지?"

진자강이 움찔했다.

"아미파 가는 거잖아. 어리고 예쁜 여승들도 많을 거라고. 방금 당신 입으로 채워졌다고 했어. 뻔뻔하게 바람피웠다간……."

째릿.

진자강은 오한이 들었다.

"그런 생각 안 할 겁니다. 안 합니다. 안 하겠습니다."

"좋아."

당하란이 아이의 조그만 손을 잡고 흔들었다.

"독천아, 아빠가 여자 데려오지 말고 무사히 다녀오라고 인사하자."

"애 앞에서 무, 무슨 말을 하는 겁니까!"

"뒤에나 보고 얘기하시지."

손비가 보인다.

진자강은 급히 아이와 인사했다.

"독천아, 다녀올게."

딸의 아명이 독천이 되었다.

*　　*　　*

진자강은 영귀와 함께 아미산으로 달려갔다.

이제는 경공을 사용하여 예전처럼 이동이 늦지 않았다. 영귀나 여타의 무인처럼 보폭이 일정하지는 않았지만 나름 스스로의 몸에 맞게 체득한 경공이었다.

아미산 산문에 도착하자 글귀가 새겨진 황톳빛 거암이 진자강과 영귀를 반겼다.

보현자 불지장자(普賢者 佛之長子).

아미자 산지영수(峨眉者 山之領袖).

보현보살은 부처 중의 장자이고 아미산은 산 중의 으뜸이다.

자부심이 느껴지는 담대한 글귀였다.

진자강은 위를 올려다보았다. 아미산의 봉우리들은 모두가 구름 위에 있었다.

아미산에는 아미파 말고도 수많은 사찰들이 있어서 길을 모르는 자는 헤매게 마련이었다. 진자강이 영귀를 보았으나 영귀도 고개를 저었다.

"아무리 내부가 복잡해도 아미파에서 우리가 온 것을 모르지 않을 텐데…….”

영귀가 의문을 품었다.

한데.

끼익?

갑자기 원숭이의 울음소리가 들렸다.

특이하게도 흰 털을 가진 원숭이 한 마리가 앞쪽 키 작은 나무 위에 쪼그리고 앉아 진자강과 영귀를 바라보고 있었다. 그 뒤쪽에서도 몇 마리의 원숭이가 고개를 내밀고 기웃거렸다.

아미산에는 원래 원숭이들이 많이 살았다. 승려들의 승모나 향객들의 보따리를 자주 훔쳐 가다 보니 사람의 물건에도 익숙해진 원숭이들이었다.

하나 하얀 털을 가진 백원(白猿)은 희귀한 종이다.

원숭이가 고개를 갸웃갸웃했다.

영귀가 원숭이에게서 신경을 끄고 고개를 돌렸다.

“시간이 없습니다. 우선 올라가서…….”

그때 백원이 영귀의 보따리를 노리고 달려들었다. 영귀는 귀찮아서 가볍게 백원의 손을 털어 냈다. 순간 백원의 팔이 신묘하게 움직여 영귀의 손을 피해 보따리를 낚아챘다.

“앗!”

놀란 영귀가 보따리를 꽉 잡았지만 벌써 백원의 손에 보따리를 빼앗기고 만 뒤였다. 영귀가 팔을 내뻗자 백원이 팔을 빙글 돌려 영귀의 손을 피했다.

휙! 휙!

영귀가 몇 번이나 손을 뻗어도 빠른 몸놀림으로 모두 피하고 있었다. 뿐만 아니라 반대쪽 손으로 영귀의 손등을 찰싹 때려 쳐 내기까지 했다.

한낱 미물이라고 보기엔 손속이 범상치 않았다.

"이, 이 녀석이!"

인피면구를 쓰고 짙게 분을 칠한 터라 붉어진 얼굴이 드러나진 않았으나 영귀는 당황하고 있었다.

원숭이가 고수인 영귀의 손을 몇 번이나 피해 냈다. 그것도 금나수까지 사용한 수법을.

그런데 백원이 영귀의 얼굴을 보고 고개를 갸웃갸웃했다.

백원은 갑자기 보따리를 뒤로 내던지고 영귀의 얼굴로 달려들었다. 그러더니 영귀의 얼굴을 손으로 뜯으려 하는 것이었다!

영귀는 화가 났지만 백원을 죽이고자 손을 쓸 순 없었다. 불가의 성지인 아미산이라 미물이라도 해치긴 부담스러웠다. 영귀는 다소의 내공을 담아 손날로 백원을 쳤다. 죽이지 않아도 팔 정도는 부러뜨리려는 생각이었다.

하나 백원은 손에 사정을 둔 걸 알곤 오히려 앞으로 달려들어 영귀의 팔에 달라붙었다. 이어 영귀의 팔꿈치를 꽉 잡는데, 절묘하게도 정확한 혈도였다. 영귀는 원숭이의 손에 한쪽 팔이 마비되자 크게 놀랐다.

백원은 마비된 팔을 빙글빙글 타고 얼굴까지 올랐다.

"아앗!"

영귀가 백원을 떨쳐 내려 얼굴을 감싸고 고개를 흔들었다.

끼익! 끼익!

백원은 집요하게 다리로 영귀의 목을 감고 얼굴을 뜯으려 했다.

다른 원숭이들까지도 달려와서 영귀에게 달라붙었다. 영귀의 옷을 찢고 할퀴며 괴롭혔다.

그때.

"……!"

모든 원숭이들이 동작을 멈추고 한쪽을 쳐다보았다.

진자강이 원숭이들을 노려보고 있었다.

원숭이들이 끽끽대고 웃었다. 그러곤 다시 영귀를 공격하며 괴롭히려 하였다.

영악하다. 아미산에서는 자기들을 해치지 못함을 알고 있는 것이다.

하나 원숭이들은 다시 움찔했다. 전신의 털이 곤두서서 고슴도치처럼 되어 버렸다.

원숭이들이 진자강을 쳐다보곤 이빨을 드러내며 위협적인 울음소리를 내었다.

끼아아아! 끼아아아—!

진자강이 뿜어내는 살기가 점점 더 짙어지고 있었던 것이다.

백원이 영귀의 얼굴에서 뛰어내리더니 옆의 나무를 후려쳤다. 성인이 두 팔을 둘러야 겨우 껴안을 수 있을 정도로 두꺼운 나무둥치가 그대로 찢겨 쓰러졌다. 작은 원숭이의 힘이라고는 믿어지지 않을 정도였다.

백원은 송곳니와 잇몸까지 드러내고 진자강의 살기에 대항해 적의를 드러냈다.

진자강이 백원을 향해 말했다.

"인간이든 짐승이든, 여기가 영산이든 부처 앞이든, 까불면 죽는다."

진자강의 말을 알아들을 리 없건만, 백원은 놀랍게도 이해한 듯싶었다. 백원이 털을 곤두세우고 진자강을 노려보며 가까이 다가왔다.

그르르르르.

백원이 눈을 번들거리며 진자강에게 달려들었다. 아까

영귀를 골릴 때 하고는 달랐다. 눈에 보이지도 않을 정도의 잔상을 남기고 있었다. 몸놀림이 무림 고수의 그것이었다.

진자강이 손을 내밀었다.

콰악! 백원이 진자강이 내민 손을 잡고 깨물려다가 뭔가를 깨달았는지 멈추었다. 진자강은 백원을 바닥에 그대로 내동댕이쳤다.

그러곤 도망가지 못하게 발로 백원의 가슴팍을 짓밟았다.

크아아악!

백원이 발버둥을 쳤다. 날카로운 손톱이 길게 빠져나왔다. 그러나 진자강의 발을 할퀴지는 못하고 버둥거리기만 할 뿐이었다.

백원은 본능적으로 알고 있었다.

진자강의 발을 할퀴면 무슨 일이 벌어질지!

우드득, 우득. 진자강의 발이 계속해서 백원의 가슴팍을 파고들었다.

죽는다!

아마도 아미산에 살면서 죽을 정도의 위협을 받은 건 처음일 터였다. 그러나 원숭이들의 대장인 백원은 쉽사리 굴복하지 않고 여전히 이를 드러내고 있었다.

앞쪽에서 청명한 목소리가 진자강을 말렸다.

"살려 주십시오."

아미파의 여승이 헐레벌떡 내려오고 있었다.

"우리가 너무 오냐오냐하였더니 버릇이 없습니다. 독룡 시주께서 자비를 베풀어 주시길 바랍니다."

진자강은 발아래를 빤히 내려다보았다.

"한 번만 더 내게 달려들면 그땐 바로 죽이겠다."

백원은 이빨을 더 크게 드러내려다가 진자강의 강렬한 눈빛을 마주하고는 천천히 입술을 다물기 시작했다.

이자는 사람이 아니다.

저 눈빛은 사람 이하의 것이다.

백원은 그렇게 판단했다.

끼이, 끼이이.

입술 사이로 새듯이 나오는 백원의 울음에 원숭이들이 주춤주춤 영귀에게서 물러났다.

그리고, 머리를 긁으며 두리번거렸다.

그제야 진자강은 발을 떼었다.

백원은 발밑에서 빠져나와 진자강의 눈치를 보며 굽신거렸다.

아미파의 여승이 적이 놀라 감탄했다.

"백원이 사람에게 기가 죽은 건 처음 봅니다."

아미파의 여승은 영귀에게도 사과했다. 영귀는 그사이에

옷매무새를 고치고 얼굴을 다시 분장했다.

"죄송합니다. 오시는 걸 알면서도 빨리 나오지 못했습니다. 다들 독이 해소되지 않아 움직임이 늦습니다."

아미파의 여승이 오르는 길을 안내했다.

진자강이 뒤를 돌아보았다. 백원이 진자강을 쳐다보다가 졸졸 따라왔다. 아까와 같은 적의는 없어 보였다. 그러나 왠지 묘한 느낌이 드는 표정을 짓고 있었다.

진자강이 길을 오르며 물었다.

"원숭이가 아미파의 무공을 배웠습니까? 일전에 본 아미파의 무공과 동작이 흡사하게 느껴지는 부분이 있었습니다."

"아아, 흰털원숭이의 몸짓이 일반 원숭이와 아주 상이하지요? 원숭이가 우리의 무공을 배운 것이 아니라, 본래 아미의 무공이 흰털원숭이의 몸짓에서 기원하였습니다. 기원이 아주 오래되고 지금은 검공이 대세가 되면서 많이 희미해졌습니다만, 예전의 아미는 권공으로 더 유명했지요."

"그렇군요."

진자강과 영귀는 여승의 안내를 받아 아미산을 계속해서 올랐다. 독이 해소되지 않아 빨리 내려오지 못했다는 말이 이해가 될 정도로 가파르고 험준한 계단이 이어졌다.

아미산의 정상까지 이르니 봉우리들의 아래가 운해에 덮

여 장관이었다. 정상의 뒤쪽은 온통 절벽인데 앞쪽은 넓게 닦인 터가 있어서 커다란 대전이 지어져 있었다. 바람이 심하여 심하게 옷이 펄럭댔다.

그 때문인지 대전의 지붕은 기와가 모두 철로 만들어져 특이한 인상을 주었다.

아미파의 철와전(鐵瓦殿)이다.

일행이 철와전의 앞에 도착하자마자 안에서 비명이 들려왔다.

"아아악!"

"아악!"

철와전의 지붕에도 원숭이 몇 마리가 있었는데 비명 소리에 놀라 후다닥 달아났다.

진자강을 안내한 아미파 여승의 표정이 굳었다.

"반란에 가담한 반도들을 심문하고 있습니다."

"우리가 들어가도 됩니까?"

"장문께서 독룡 시주는 허락하셨습니다."

영귀는 밖에서 기다리라는 뜻이다. 진자강은 여승과 함께 철와전의 대전 안으로 들어섰다. 백원은 거기까지도 따라왔다.

안에서 피비린내가 풍겼다.

포박되어 옷이 찢겨 반라가 된 여승들이 피투성이가 된

채 줄줄이 무릎을 꿇고 있었고, 좌우로 곤봉과 창을 든 여승들이 매서운 표정으로 그들을 노려보고 있는 중이었다.

하나 반도들을 제외하고서라도 대부분의 여승들은 안색이 좋지 못했다.

인은 사태 역시 독기가 가시지 않아 피곤한 표정으로 진자강을 맞이했다.

"이런 환경에서 맞이하게 되어 몹시도 부끄럽기 짝이 없네. 이해해 주게."

진자강은 처참한 몰골로 고개를 숙인 반도들을 쳐다보며 지나쳤다.

진자강은 안면이 없지만 그중에는 마사불과 함께 한때 아미파의 삼대 고수라 불린 오십 대 나이의 낭령까지도 포함되어 있었다.

진자강이 인은 사태의 곁으로 가 말했다.

"강호에 오도절명단이 퍼지고 있습니다. 저들이 어디서 오도절명단을 구했는지 알아야 합니다."

인은 사태가 고개를 끄덕였다.

옆에 있던 여승, 삼대 고수 중의 한 명인 정요가 살짝 주저하며 대답했다.

"다른 곳은 모르나, 본 파에서 쓰인 독은 아미산에서 나왔다네. 아미타불."

아미산?

실로 생각도 해 보지 못한 일이었다.

진자강조차 잠깐 잘못 들은 줄 알았다.

“오도절명단이 이곳 아미산에서 나왔단 말입니까?”

아미파가 아니라 아미산이다. 아미산에는 수많은 사찰과 도관이 있다.

“그것은…….”

그때 낭령이 고개를 들고 소리쳤다.

“우리 아미의 치부를 외인에게 모두 떠벌릴 셈인가! 그만두어! 우리가 그러자고 벌인 일이 아니라는 걸 잘 알잖나!”

인은 사태가 눈짓했다. 도열하여 있던 여승들이 불호를 외며 낭령을 곤봉으로 매질했다.

퍽 퍽!

내공만 담지 않았을 뿐 조금도 사정을 두지 않아 금세 머리가 터지고 피가 흘렀다.

낭령은 금세 고꾸라져 차가운 돌바닥에 머리를 박았다.

인은 사태가 차가운 목소리로 꾸짖었다.

“그리 호되게 당하고도 아직까지 정신을 못 차리다니. 누구든 허락 없이 입을 열면 다음번엔 혀를 자르겠어요.”

낭령의 얼굴은 사색이 되었다. 인은 사태는 허언을 하지 않는다.

정요가 옆을 보고 명령했다.

"가져오너라."

여승이 사람 한 명이 들어갈 만한 묵직한 상자를 들고 왔다. 상자를 바닥에 놓고 뚜껑을 열자 그 안에는 놀랍게도 많은 양의 사치품들이 들어 있었다.

옥으로 장식된 노리개며 사향 주머니, 비단…… 평범한 여염집 규수들이 탐낼 만한 장신구들이 잔뜩이었다.

흰털원숭이, 백원이 다가와 장신구들을 신기한 듯 집어 올리곤 하였다.

"이것은……."

"젊은 제자들의 방에서 나온 것들일세."

정요가 낮은 한숨을 쉬며 진자강에게 설명했다.

"아미산에 있는 다른 사찰의 남자 승려들과…… 본 파의 젊은 제자들이 오래전부터 개인적인 교분을 쌓아 온 모양이네. 남들의 눈에 띄지 않도록 만나며 때로는 통정도 하였다지. 무려 십수 년간을."

남녀 간에, 그것도 승려들 사이에 개인적인 교분이라니.

물론 혈기 넘치는 젊은 나이에 남녀가 정분나는 건 어쩔 수 없다 하더라도, 그래선 안 되는 일이 아닌가.

말을 하던 정요가 씁쓸한 표정을 지었다.

"모순적이게도, 저들이 본분을 잊고 최악에까지 이르지 못하게 막고 있던 건 묘월 사자였네. 젊은 제자들은 예전부터 묘월 사자를 매우 두려워하였으니."

하나 마사불 묘월은 일전에 청성의 싸움에서 죽었다.

강한 무공을 가졌고, 망료만큼이나 집착도 심해서 진자강의 입장에선 까다로운 적이었다. 그런데 아미파의 입장에서는 오히려 마사불 묘월이 그간 사자매들이 탈선하지 않도록 감시하는 역할을 하고 있었다는 것이다.

진자강은 묘한 기분이 들었다.

잡혀 있는 여승들을 찬찬히 훑어보았다. 젊은 승려들만큼이나 나이 든 승려들도 많았다. 특히나 인은 사태는 자신의 사자(師姉)들을 제치고 장문인이 되었으므로 인은 사태의 사자뻘이 되는 이들은 대체로 오륙십이 넘었다.

"젊은 제자들은 이해가 됩니다만, 그 위 항렬의 스님들은 어찌 된 겁니까?"

정요는 말하기도 민망하다는 듯 살짝 한숨을 쉬며 답했다.

"묘월 사자의 입적 후에…… 갑자기 남자 승려들이 무리한 요구를 하기 시작하였다고 하네. 가까운 자매들을 소개시켜 달라거나, 함께 도망가서 살림을 차리자거나 하며……."

잡혀 있던 젊은 여승 중 한 명이 울면서 소리쳤다.

"그들이, 그들이 그리하지 않으면 장문께 우리 관계를 이른다고 하였어요. 저희는 너무 무서워서……."

인은 사태가 노려보았다.

"협박을 받아서 어쩔 수 없이 금은보화를 챙기고 사문의 자매들을 해치려 하였다는 거니?"

"아니에요! 우리가 처음부터 그런 요구를 받았다면 스스로 천령개를 쳐 자결하였을 것이에요. 믿어 주세요!"

하지만 인은 사태의 표정은 싸늘했다.

"혀를 자르세요."

"장문—!"

도열한 여승들이 비수를 들고 가 강제로 입을 벌리고 혀를 집게로 빼내었다.

끔찍한 비명 소리가 다시 울렸다.

진자강은 인은 사태의 결정에 개입하지 않았다. 잔인하게 보여도 이것은 아미파의 일이다.

정요가 착잡한 얼굴로 몇 번이나 불호를 외웠다.

그때 얻어맞고 엎어져 있던 낭령이 이를 악물고 고개를 들었다.

"혀가 잘리더라도 할 말은 해야겠어. 장문 사매는 너무 악독해. 그리고 잔인하지. 장문 사매의 눈빛은 도무지 불자로서 가질 수 있는 눈빛이 아니야. 나는 장문 사매의 눈빛이 늘 요사(妖邪)스럽다고까지 생각했어."

인은 사태는 마흔 중반이다. 항렬에서 가장 어린 축에 속한다. 강호를 아우르는 이대 불문의 장문인치고 굉장히 젊은데 미색까지 고와 이십 대처럼 보인다. 한데 우아한 미모가 아니다. 말투에는 교태가 흐르고 가느다란 눈꼬리에도 색기가 어려 있다. 언뜻 스님이라기보다는 오히려 기생처럼 보이는 게 사실이었다.

낭령이 계속해서 말했다.

"저 아이들은 차마 장문 사매에게 말하지 못하고 끙끙 앓다가, 견디다 못해 우리를 찾아왔지. 우리는 저 아이들이 어떤 처벌을 받게 될지 알고 있었어. 하여……."

"반란을 결심하였다는 건가요?"

낭령은 입술을 씹었다.

"청성파는 무너지고 염왕의 당가도 파멸의 길을 걷고 있는 중이었어! 이대로라면 우리 아미도 어떤 꼴이 될지는 뻔해. 아미를 구하려면 장문 사매를 끌어내리는 방법밖에 없었던 거야."

인은 사태가 냉기를 풀풀 날렸다.

"거짓말. 나이 어린 사매에게 장문인 자리를 빼앗기고 내내 불만스러웠지요? 사자들은 나를 늘 눈엣가시로 여기고 있었지요?"

인은 사태가 나이가 어린데도 불구하고 자신들을 제치고 장문이 되었으니 위 항렬의 여승들도 불만이 많았던 것이다.

"그래! 하지만 이번은 아니었어. 우리는 진실로 장문 사매의 독주를 막길 원했던 거야! 전통적인 사천의 동맹 구도를 모두 깨고 심지어 염왕을 해치는 데에까지 일조하여 아미를 수렁으로 몰아넣었잖아!"

"그래서 독을 탔나요?"

"우리가 구한 건…… 절명독이 아니라 산공독이었어. 단지 그것이면 많은 피를 흘리지 않고도 교체를 이룰 수 있을 거라 생각했을 뿐인데……."

"그게 산공독이 아니라 오도절명단이었다는 거죠. 변명이 길군요."

인은 사태가 냉정하게 낭령을 내려다보며 입을 열었다.

"왜 선대의 장문께서 저를 후계로 삼았을까요?"

낭령이 인은 사태를 올려다보았다.

"무슨 말을 하고 싶은 거지?"

"청성파는 외부의 위력에 스스로 해산했고, 당가는 독룡 시주에 의해 염왕이 퇴출되며 조정되었지요. 그런데 우리 아미는 건재해요. 당신들이 내부에서 분란을 일으키지만 않았으면 우리 아미는 여전히 굳건하게 견디고 있었을 것이에요."

낭령과 잡힌 여승들의 얼굴이 굳었다. 틀린 말이 아니다. 자신들이 아니었으면 아미파에는 아무런 일도 일어나지 않았을 것이다.

"하, 하지만…… 민강에서 소금 선단을 약탈하였잖아! 우리 아미파도 장문 사매 때문에 그에 함께 휩쓸렸으니……!"

"천하에."

인은 사태가 차갑게 낭령의 말을 끊었다.

"천하에 도(道)가 사라졌더라도 우리는 구도자로서, 불자로서 도를 외면하지 않아요. 설사 천하에 아미만 홀로 남더라도 우리는 대의를 포기하지 않습니다. 비루한 삶이나마 매일매일을 꾸역꾸역 살아가는 저 밖의 중생들을 구할 수 있다면, 가시덤불이 뒤덮인 길이라도 오물이 가득한 길이라도 나는 결코 마다하지 않을 것이에요."

"으윽……!"

낭령은 아무 말도 하지 못하였다.

아미파보다 구도(求道)가 더 중요하다.

아미파가 사라지더라도 구도의 길을 포기하지 않는다.

그것이 구도자의 본분이다.

마치 청성산을 두고 떠난 청성파처럼.

인은 사태가 일침을 가했다.

"이제 아시겠지요? 그게 당신들의 한계입니다. 그래서 내가 장문이 된 거예요. 나는 당신들처럼 간사한 혓바닥에 휘둘리는 사람이 아니니까."

낭령은 고개를 떨구었다.

인은 사태가 손짓했다.

"할 말을 모두 한 모양이군요. 낭령 사자의 혀를 자르세요."

낭령은 옆에서 다가와 팔을 붙들고 입을 벌려도 반항하지 않았다. 이윽고 낭령의 비명이 울렸다.

인은 사태가 코웃음을 치며 말했다.

"흥, 바보같이. 이간질을 당한 줄도 모르고."

진자강이 무슨 의미인가 하여 바라보았다. 정요가 대답했다.

"다른 방에 갇힌 제자들이 실토하였네. 남자 승려들의 사주를 받아 위 항렬을 포섭하였고, 독도 그쪽에서 준비해 주었다고."

"이간질을 주도한 사찰은 어디에 있습니까."

"아미산 중턱에 있는 소운암이란 사찰일세. 하지만 소용없네. 며칠 전 우리가 가 보았을 땐 이미 몰살당한 채였으니."

인은 사태가 말했다.

"그들도 누군가로부터 사주를 받아 일을 진행하였다는 뜻이지. 반란이 실패하자 꼬리를 잘라 입을 막은 것일 테고."

진자강이 물었다.

"하면 지금은 오도절명단이 나온 경로를 찾기 어렵겠군요."

다른 곳도 아니고 아미산에서 아미파 여승들의 눈을 피해 살육을 벌였다면 굉장한 고수가 한 짓임이 분명했다.

"뒤에 있는 자가 보통 놈들이 아닌 것이겠지. 이를테면 아귀왕이라든가, 말일세."

아귀왕!

아미파에까지, 그것도 오래전부터 손을 뻗고 있었을 줄은 몰랐다. 아니, 어쩌면 십수 년보다 더 오래되었을 수도 있다.

심지어 해월 진인은 거의 평생을 찾아다녔으니 말이다.

인은 사태가 기분을 가라앉히고 말했다.

"먼 길을 와 주었는데 도움이 되지 못해 미안하네."

진자강이 잠시 생각하다가 물었다.

"혹시 저들이 쓴 독 중에 남은 것이 있습니까?"

여승 한 명이 작은 상자를 가져왔다. 그 안에 은박으로 감싼 환단이 몇 알이 들어 있었다. 진자강은 하나를 들고 쪼갰다. 그러곤 반쪽을 입에 넣어 녹였다.

지켜보던 여승들이 앗! 하고 놀랐다. 그러나 오도절명단을 먹고 있는 게 독룡이란 걸 자각하고는 놀람을 가라앉혔다.

“쪼개도 색과 모양이 구분되지 않으나 겉껍질은 산공독이 맞습니다. 그런데 안쪽은 오도절명단입니다.”

진자강이 고개를 돌렸다.

백원이 한쪽에 쪼그리고 앉아서 안쪽 광경을 둘러보다가 진자강과 눈이 마주쳤다.

“이리 와라.”

백원이 네 발로 설렁설렁 걸어 진자강에게 왔다.

진자강이 백원의 앞에 오도절명단을 던졌다. 백원이 어쩌라는 거냐는 투로 진자강을 쳐다보았다.

“먹어 봐라.”

백원이 진자강을 빤히 보다가 먹는 시늉도 하지 않고 앞발로 오도절명단을 탁 쳐 버렸다.

진자강의 눈이 이채를 띠었다.

“너, 이것이 뭔지 아는구나.”

여승들이 놀라서 진자강을 쳐다보았다. 인은 사태도 호기심이 어린 표정을 지었다.

"아까도 느꼈으나 독을 감지하는 능력이 뛰어난 것 같습니다."

진자강이 오도절명단을 주워 들고 다시 물었다.

"이걸 가져온 자도 보았느냐? 아니면 그자의 냄새라도 기억하고 있겠지?"

아미파 여승들이 진자강과 백원을 주목했다.

"설마……?"

백원은 왼쪽 앞발로 머리를 넘겨 오른쪽 뺨을 긁었다.

인은 사태의 눈이 커졌다.

"긍정하는 뜻이네!"

第六章
의도

아미파 여승들은 감탄했다.

백원이 영물이라는 건 알고 있었지만 진자강이 아니었으면 독을 구분한다는 건 몰랐을 것이다.

"단서가 생겼군. 바로 사람을 붙여 주겠네."

인은 사태는 중독되지 않은 젊은 여승 한 명을 길잡이로 진자강에게 딸려 주려 하였다.

그런데 갑자기 백원이 이빨을 드러내고 소리를 쳤다.

께엑! 께엑!

여승이 다가오지 못하고 멈칫했다.

인은 사태가 백원을 노려보았다.

"백원! 무슨 짓이니!"

백원은 인은 사태의 꾸지람에 약간 기가 죽은 듯했으나, 여승이 다가오지 못하게 이빨을 드러내는 건 여전했다. 마치 진자강을 지키는 것 같은 모습이었다.

"됐습니다. 백원이 길을 안내할 테니 괜찮을 겁니다."

"더 필요한 건 없는가?"

"괜찮습니다."

진자강은 인사를 하고 바로 철와전을 나왔다.

기다리고 있던 영귀가 진자강을 맞이했다.

꼐엑!

백원이 또다시 악을 썼다.

진자강이 참지 못하고 화를 냈다.

"그만두지 못하겠냐!"

그러자 백원은 진자강을 원망스럽게 쳐다보며 발로 땅을 탕탕 찼다. 그러곤 등을 돌려 딴 데를 봤다. 진자강이 불러도 움직일 생각을 안 했다.

백원이 계속 딴 데를 보며 입술을 삐죽거렸다.

끄윽, 끄윽.

왠지 서러워하는 듯하였다.

백원이 돕지 않으면 이번 일의 단서가 사라지고 만다.

영귀가 고개를 흔들었다.

"그냥 내버려 두시죠. 제가 조금 떨어져 가겠습니다."

영귀가 진자강에게서 물러나자 백원이 힐끔 눈치를 보더니 진자강에게 달려왔다. 그러더니 진자강의 어깨에 올라타서는 앞발을 흔들며 끼익끼익 소리를 냈다.

당황한 진자강이 백원을 떼어 내려 하자 영귀가 실없는 웃음을 지었다.

"부인께서 아미파의 여승들을 주의하라 일렀는데……."

진자강이 무슨 소리냐는 투로 영귀를 보았다.

영귀가 백원을 눈짓으로 가리켰다.

"암컷입니다."

흠칫.

끼악 끼악!

백원은 아무것도 모르고 환호를 지르고 있었다.

* * *

진자강은 백원이 가리키는 대로 산을 내려갔다.

그런데 백원이 내려가다 말고 옆으로 꺾어지는 길을 가리켰다. 진자강이 왜 그쪽을 가리키느냐고 묻자, 답답해하며 오히려 자신이 나무를 타고 앞으로 나아갔다.

진자강과 영귀는 별수 없이 백원을 따라갈 수밖에 없었다.

원숭이들 수십 마리가 나무 위에서 진자강과 영귀의 뒤를 따라오는 진풍경이 벌어지고 있었다.

백원의 몸놀림은 사람으로 치면 거의 무공 고수에 가까웠다. 다른 원숭이들이 따라오지 못하고 점점 더 뒤처졌다. 진자강도 경공을 익히지 못했으면 상당한 곤란을 겪었을 터였다.

백원이 한참 동안 진자강을 인도해 데려간 곳은 작은 사찰이었다.

편액에 '소운암'이라 적혀 있었다.

인은 사태가 말했던 곳이다.

"왜 우리를 이쪽으로 데려온 거지?"

진자강이 물었으나 백원은 그저 잘했으니 칭찬해 달라는 투로 진자강을 똘망똘망하게 쳐다보고 있었다.

"일단 둘러보죠."

영귀가 주변을 확인했으나 온통 시체뿐이었다. 전각들은 멀쩡한데 사람은 모두 잔인하게 뭉개져 죽었다. 독이 아니라 무공으로 때려죽였다.

영귀도 험한 꼴을 많이 보았으나 이렇게 부패해 가는 시체들을 보고 있는 건 쉬운 일이 아니었다.

영귀가 중얼거렸다.

"끔찍하다 못해 대담하네. 아미산에서 살육을 저지르다니. 살인멸구를 작정하고 시행했어."

영귀는 코와 입을 헝겊으로 막고 계속 시체들을 확인했다. 사방에 승려의 시체가 가득하고 피비린내가 진동을 했다. 더운 날씨에 오래 방치한 탓에 파리가 날아다녔다.

백원은 영귀가 시체를 뒤집고 시체가 있던 바닥까지 헤집는 걸 보면서 고개를 절레절레 내저었다.

하지만 영귀는 멈추지 않았다.

"이상한걸……."

"왜 그럽니까?"

한동안 시체들을 확인하던 영귀가 대답했다.

"죽은 숫자가 이십 명이 채 되지 않습니다. 크지 않은 사찰이라 몰살에 걸린 시간이 일각도 채 되지 않았을 겁니다."

진자강이 고개를 끄덕였다.

영귀가 생각하다가 말했다.

"이런 짓을 한 자가 상당한 고수라면 아미파가 알아채기 전에 살인멸구를 끝마칠 수는 있었겠죠. 하지만 아무에게도 들키지 않고 여기까지 올라오는 일이 가능했을까요?"

진자강과 영귀가 오는 것도 이미 알고 있던 아미파다. 정체불명의 외부인이 찾아왔다면 반드시 확인을 거쳤을 터였다. 이 정도의 고수라면 단순히 사찰을 찾은 향객 행세를 해도 아미파의 눈을 피할 순 없다.

진자강이 잠시 생각하다가 말했다.

"두 번의 기회가 있었습니다. 아미파에 반란이 일었을 때. 그리고 인은 사태께서 반란을 진압한 직후 우리를 돕기 위해 자리를 비웠을 때."

"그 점이 이상합니다."

영귀가 시체의 일부분을 들어 보였다.

썩은 살점에 깨알처럼 파리의 알과 구더기가 잔뜩 붙어 있었다. 보기만 해도 역겨운 광경이었으나 두 사람은 개의치 않았다.

"독충을 키우다 보면 많은 벌레들을 보게 되거든요."

영귀가 말했다.

"짐승이 죽으면, 가장 먼저 개미가 찾아옵니다. 그다음은 파리고요. 하지만 파리는 신선한 고기에 알을 낳지 않기 때문에 상하고 부패할 때까지 기다려 알을 낳습니다. 그 시간이 대체로 교미하고 이삼일 후입니다. 알은 하루 안에 부화하며 칠일 정도 유충으로 지내다가 번데기가 됩니다."

진자강은 영귀가 하려는 말뜻을 깨달았다.

"구더기가 보이니 이미 이삼일은 지난 셈이고, 만일 번데기까지 보인다면 최소 열흘이 지난 셈이군요."

“그렇습니다. 그런데 유충이 번데기가 될 때에는 고기에서 나와 흙 속으로 기어들어 갑니다.”

영귀가 시체 밑의 땅바닥을 파 본 이유였다. 영귀가 판 흙을 손바닥에 올려 보여 주었다.

파리의 번데기가 보였다. 그리고 막 부화하기 시작하여 꿈틀거리는 번데기도 보였다.

“번데기는 날씨가 따뜻하면 닷새 만에 부화합니다. 딱 지금 같은 날씨에.”

영귀가 말했다.

“살육이 벌어진 지 최소 열닷새가 지났습니다.”

진자강의 눈에 이채가 스쳐 갔다.

아미파에서 반란이 일어난 지 열닷새가 되지 않았다.

오늘이 십삼일 째.

소운암에서의 살육이 적어도 반란이 일어나기 이삼일 전에 벌어졌다는 뜻이다!

“반란을 일으킬 날이 코앞이었습니다. 그런데 들킬 위험을 감수하고 이런 짓을 저질렀다……?”

상식적으로 이해가 되지 않는 일이 아닌가!

“반란이 일어나기 전이라면 소금 선단 때문에 아미파의 경계가 최고로 높을 때였습니다. 그런데도 들키지 않고 여기까지 올 수 있었다면…… 자주 찾아와 익숙한 사람이었거나, 혹은 내부인일 가능성도 있을 겁니다."

진자강이 말을 하다가 갑자기 멈추었다.

"아니, 잠깐."

놓친 게 있었다.

진자강은 백원을 쳐다보았다. 백원이 진자강을 여기에 데려왔다는 건 오도절명단이 이곳에 있었다는 뜻이다.

"오도절명단을 가져와서 이 사찰의 승려들이 독을 아미파에 넘기도록 한 직후에…… 죽여서 입을 막았다……."

그렇게 보면 얼추 들어맞는다.

하지만 아직 설명되지 않는 부분이 있다.

진자강은 하늘을 쳐다보았다. 파란 하늘에 뜨거운 햇빛이 내리쬐고 있다. 구름 한 점 없이 맑은 하늘이 진자강의 미심쩍음을 빠르게 일깨웠다.

"왜?"

왜!

진자강은 영귀를 보았다. 진자강의 눈에는 의심이 가득했다.

"저들의 목표가 아미파라면, 증거를 지울 필요가 없었습니다. 반란이 일어났을 때 증거를 지울 게 아니라 아미파를 쳤을 겁니다."

그렇다.

아미파가 자중지란을 일으킨 때에 습격하는 편이 훨씬 더 이익이지 않은가! 이 정도의 실력을 지닌 고수가 한 명만 더 가세했어도 인은 사태는 버티지 못했을 것이다.

진자강은 인은 사태와 얘기하면서도 계속해서 한 가지 의문을 떨치지 못했다.

결국 인은 사태의 반대 세력이 주동한 반란이 실패했다는 점이다.

왜?

반란을 일으키도록 선동했으면 최대한 성공하도록 만드는 게 당연한 일이다.

그런데 어째서 실패하도록 내버려 두고…… 심지어는 반란이 일어나기도 전에 마치 실패할 걸 알았다는 듯 증거부터 지운 것인가?

그건 마치 실패하든 성공하든 아무런 상관이 없다는 태도가 아닌가!

진자강의 의문에 영귀도 등줄기에 소름이 돋아 어깨를 움찔거렸다.

"그건 꼭…… 염왕이 계획했던 독 소금의 배포와도 같은 일인데요?"

염왕 당청은 십수 년을 계획해 소금에 오도절명단을 섞어 배포하려 하였다. 그러나 그 전에 이미 오도절명단은 외부로 반출된 상태였고, 당청의 계획은 실행되었어도 성공하기 어려운 지경에 이르러 있었다.

묘하게 닮은 꼴임을 부정할 수 없었다.

영귀가 말했다.

"확실히 우리가 생각하고 있는 반란이란 것과 지금 벌어지는 반란의 양상이 너무 다릅니다."

강호 전역에서 무수한 싸움이 벌어지고 있다. 내부에서 권력을 잡기 위한 반란부터, 문파와 세력들 간의 싸움까지.

그런데 모두가 성공했다는 얘기가 없다.

반은 성공하고 반은 실패했다.

그럼으로써 누군가 이득을 본다면, 도대체 무슨 이득을 볼 수 있는 것인지.

진자강으로선 아직 감도 잡을 수가 없었다.

진자강은 백원에게 오도절명단을 보여 주고 한 번 더 물었다.

"이걸 가져온 자를 여기에서 본 게 확실하지?"

끼익 끼익.

"다른 곳에서도 본 적이 있나?"

끼익.

"안내해라."

백원은 어렵지 않다는 듯 나무를 타고 앞서서 달려갔다.

진자강과 영귀가 곧 그 뒤를 따랐다.

복호암.

승려 몇이 기거하는 작은 암자였다. 그곳에는 아무런 일도 없었다. 진자강을 본 승려들이 합장하며 인사했다.

진자강은 그들을 유심히 보았지만 별달리 특이한 점을 볼 수 없었다.

백원이 다시 달리기 시작했다.

오현사.

절벽 끝에 동굴을 파고 지어진 사찰로 승려 서른 명 정도가 거하고 있었다.

그곳에도 아무런 문제가 없었다. 진자강을 맞이한 주지승이 되려 무슨 일이냐고 물었다.

"최근에 수상한 자를 보지 못하였습니까?"

"그렇잖아도 아미파와 소운암에 흉흉한 일이 생겨 모두가 걱정하던 차였으나, 근래에 이방인은 본 적이 없습니다. 나무아미타불 관세음보살."

주지승은 원한다면 사찰을 둘러보고 가도 좋다고 허락해주었다. 진자강은 마다하지 않고 사찰을 샅샅이 확인했다.

특별히 이상한 점은 보이지 않았다.

진자강이 의심스러운 눈으로 백원을 쳐다보았다.

"분명히 여기서 본 게 맞느냐?"

백원이 발을 구르고 신경질을 냈다.

끼악! 끼악!

백원은 곧바로 다른 데로 달려갔다. 진자강과 영귀는 어쩔 수 없이 백원을 따라갈 수밖에 없었다.

산을 내려가다 다시 가파른 봉우리를 타고 올라간 곳은 만년사였다.

높은 봉우리에 요새처럼 지어져 있어서 외지인이 몰래 접근하기는 어려운 곳이다. 진자강이 오는 걸 보고 이미 만년사의 승려가 문 앞에서 기다리고 있었을 정도였다.

만년사의 승려들 몇몇은 무공을 익히긴 하였으나 사람을 쉽게 죽일 수 있는 일류는 아니었다. 역시나 별다른 문제도 없었다.

영귀가 백원을 의심했다.

“백원이 말을 잘못 알아듣는 것 아닙니까? 우리가 간 곳마다 모두 아무도 수상한 자를 보지 못했다고 합니다.”

백원이 앞발을 들고 방방 뛰었다.

꺄아악!

진자강이 백원에게 다시 오도절명단을 보여 주었다.

“이걸 가지고 온 자. 기억하고 있는 것 맞지?”

백원이 눈을 끔벅이며 뺨을 긁었다. 인은 사태의 말대로라면 긍정의 의미다.

"그럼 이걸 가져온 자를 마지막으로 본 곳은 어딘지 알고 있느냐?"

백원이 또 뺨을 긁었다. 그러곤 답답하다는 투로 달려가기 시작했다.

진자강과 영귀가 백원을 따라 만년사를 내려갔다.

봉우리를 내려가고 산을 돌고 도는데, 아무래도 경치가 익숙하다.

진자강과 영귀는 말이 점점 없어졌다.

백원이 가고 있는 곳을 알 수 있었다.

마침내 백원이 산 정상에서 멈추었을 때.

진자강과 영귀는 할 말을 잃었다.

아미파의 본산이다.

영귀는 어이가 없어 한동안 아미파의 현판을 바라보았다.

그러다가 백원을 노려보았다.

"아무래도 저 원숭이 때문에 시간만 낭비한 것 같은데요."

백원이 더 참지 못하겠다는 듯 영귀에게 달려들었다.

끼아악!

날카롭게 발톱을 세우고 할퀴었다. 영귀도 사정을 보지 않고 바로 백원을 돌려찼다.

퍼펑!

백원과 영귀의 공격이 엇갈리며 부딪쳤다. 백원이 긴 앞발을 바닥에 짚고 몸을 훌쩍 넘겨서 뒷발로 영귀의 어깨에 올라탔다. 원숭이라고 보기 어려울 정도로 백원의 몸놀림은 정교했다.

영귀가 바닥을 구르면서 위쪽으로 장풍을 날렸다. 백원이 몸을 꼬아서 빙그르르 돌아 바닥을 발톱으로 훑었다. 영귀가 손바닥으로 바닥을 쳐서 몸을 띄웠다. 영귀의 등 아래를 백원의 발톱이 회오리치며 긁고 지나갔다.

카가각!

섬뜩하게도 바닥의 돌이 갈리는 소리가 났다. 백원이 바닥에 누워 뒷발로 영귀의 엉덩이를 걷어찼다. 영귀는 공중에서 몸을 비틀어 백원의 발을 차고 뛰어올랐다. 일련의 공방이 무공 고수들의 그것과 별반 다를 바가 없었다.

영귀와 백원의 팔이 몇 번이나 얽혔다. 영귀가 손끝을 뾰족하게 하여 백원의 어깨를 찔렀다. 백원의 어깨에서 붉은 피가 튀었다. 피를 본 백원은 눈가가 붉어져서 점점 더 흥분하여 날뛰었다.

백원이 눈으로 좇기 힘들 만큼 빠른 속도로 앞발을 휘둘렀다. 영귀가 단검을 꺼내어 막았는데도 힘에 밀려 뒷걸음질을 쳐야 했다.

영귀의 눈에도 살기가 어렸다. 나살돈의 후계자로서 원숭이에게 밀린다는 건 자존심이 상하는 일이었다.

피이잇. 단검에서 검기가 한 뼘 정도 치밀어 올랐다.

그때 진자강이 개입했다.

"그만해."

진자강은 백원의 머리를 잡고 뒤로 당겼다.

백원이 씩씩거리면서 진자강을 흘겨보곤 나무 위로 풀쩍 뛰어 달아났다. 아까는 따라오라는 뜻이 담겼었는데 지금은 그냥 가 버린 것이다.

영귀는 아직 화가 가라앉지 않았다.

"말이 안 돼. 저 원숭이의 행동에 따르면 흉수가 아미산 전체를 제집처럼 모두 드나들었다는 것이거든요. 그런데 돌고 돌아서 마지막에는 아미파? 그럼 흉수가 여전히 아미파에 있다는 건가요?"

진자강도 영귀의 반문에 대답할 수가 없었다.

진자강은 아미파의 본산 전각들을 보았다.

"그자가 누구든 여기에 마지막으로 왔었다면 소운암의 살육 이후에 왔다는 뜻입니다. 반란이 일어난 후에도."

진자강이 일주문 안으로 걸음을 옮겼다.

"누가 왔었는지 확인해 봐야겠습니다."

*　　*　　*

아미파의 문지기가 어리둥절해했다.

단서를 찾아 내려갔던 진자강이 다시 올라온 때문이다.

"물어볼 게 있습니다."

"예."

"반란이 있던 후, 이곳에 들어왔던 외지인이 있는지 알고 싶습니다."

"평소에는 향을 피우러 온 향객도 계셨고 무술을 배우러 오는 시주님들도 계셨습니다. 다만 난리가 생긴 이후에는 외부의 접촉을 일절 통제하였습니다."

"아무도 들어온 사람이 없다는 말입니까?"

"예."

영귀가 그럴 줄 알았다는 듯 고개를 흔들었다.

진자강의 얼굴이 어두워졌다.

만일 정말로 아미파에 아직도 흉수가 남아 있다는 뜻이라면, 그리고 그 대상이 최악의 경우……!

그런데 그때 옆에서 듣고 있던 다른 여승이 말했다.

"아! 완전히 없었던 건 아닙니다."

진자강과 영귀가 여승을 쳐다보았다.

"외부 사람이 있었습니까?"

“워낙 자주 뵙는 분들이라 외부 사람이라고 하긴 좀 그렇습니다만…….”

그제야 문지기도 생각난 듯 ‘아!’ 하고 탄성을 냈다.

“맞다. 왕 대인이 오셨더랬죠!”

“왕 대인이라고 하셨습니까?”

문지기가 멋쩍어하며 대답했다.

“저희에게 필요한 물건을 가져다주는 상인분이십니다. 대부분은 자급자족하지만 그러지 못하는 것들도 있으니까요. 네, 그러네요. 이번 일 때문에…… 독이 섞인 식자재를 모두 버려야 해서 급하게 식량을 가져오셨거든요.”

“물건을 가져왔다면 혼자 오진 않았겠군요.”

문지기가 변명이라도 하듯 말을 덧붙였다.

“짐을 진 일꾼들과 호위 무사가 있었죠. 하지만 일주문 안으로는 들어오지 않았습니다. 여기서부터 본사까지는 전부 저희가 날랐어요. 예전부터 그리했습니다. 그리고 절대 수상한 분이 아닙니다. 본사와 수십 년을 넘게 거래하신 분이에요. 저희 같은 아랫것들의 집안사까지 챙겨 주시는 분이라서요.”

그러나 진자강은 이미 그 말을 듣고 있지 않았다.

진자강이 영귀를 쳐다보자 영귀가 마른침을 삼키며 고개를 끄덕였다.

*　　*　　*

진자강과 영귀는 지금까지 들렀던 사찰들을 다시 한번 찾아갔다.

그리고 확인했다.

왕웅이라는 상인이 왔었음을.

사찰들의 승려들은 하나같이 아미파의 문지기와 같은 반응을 보였다.

"아아, 그러고 보니 그즈음 해서 물건 들어올 게 있어 왕 대인이 왔다 갔었군요."

"그런데 왕 대인은 수상한 분이라고는 할 수 없는데요? 우리와 워낙 오래 알고 지낸 분이라……."

아미산에 있는 수많은 사찰과 도관들은 모두 왕웅이 있는 민상과 거래를 하고 있었다. 수십 년도 넘게 거래하며 만나다 보니 이미 외부인이라는 인식이 없었다.

진자강이 물었던 것처럼 '수상한 자'는 아니었던 것이다.

왕웅은 민상으로, 일전에 진자강도 민상에 대해 얘기를 들은 바가 있었다.

—사천삼강은 원래 모두 민상과 거래했으나, 당

가대원만 십 년 전부터 영파상인으로 거래를 바꿨다
고 하네.

중경에서 철산문의 비밀 장부 때문에 만난 서기가 한 말이었다.

영귀가 탄식 같은 한숨을 내쉬었다.

"상인이라면 아미산을 마음대로 오갈 수 있었겠군요."

아미산에 있는 사찰과 도관들에 물건을 제공하는 상인이다.

"원숭이의 말이 맞았습니다. 계속 거래하던 상인들이라면 아무 의심도 받지 않고 오갈 수 있었겠네요."

"그렇습니다. 백원이 가르쳐 준 건 흉수가 아닙니다. 오도절명단을 가지고 왔던 자, 그자를 어디서 보았는지 가르쳐 준 겁니다."

진자강이 고개를 끄덕였다.

"확실합니다. 오도절명단은 왕 대인이 인솔하는 행렬을 통해 들어왔습니다."

"하지만 왕 대인이 직접 개입하였는지, 아니면 누가 몰래 짐에 섞었는지는 알 수가 없지 않은가요?"

"확인할 수 있는 방법이 있습니다."

진자강이 멀리를 바라보았다.

보이지도 않는 거리의 나무 위에서 진자강을 보고 있던 백원이 삐친 투로 고개를 돌렸다.

*　　*　　*

끼유우, 끼유우!

진자강의 어깨에 올라탄 백원이 신나게 울부짖었다.

진자강이 백원을 데리고 산을 내려가기로 한 것이다. 백원은 완전히 흥이 올라서 영귀가 다가오기만 해도 하악! 거리며 화를 냈다.

덕분에 영귀는 진자강과 대여섯 장의 거리를 두어야 했다.

게다가 원숭이 수백 마리가 진자강과 백원의 뒤를 따라 산 아래까지 내려왔다. 그 사이에 낀 영귀는 자신의 신세가 우스꽝스러웠지만 한탄할 수도 없었다.

우두머리 원숭이를 어깨에 태우고 달리는 진자강.

원숭이의 왕…….

왠지 진자강의 그런 모습도 딱히 이상하지는 않다는 생각이 든 영귀였다.

그러나 한편으로는 섭섭한 마음이 들었다.

진자강이 경공을 배우지 않았다면, 아마 영귀는 지금도

진자강을 업고 달릴 수 있었을 것이다.

진자강이 자신의 등에서 잠들었을 때의 숨소리와 따스한 감촉을, 가슴이 벅차게 부풀어 오르던 감정을…… 영귀는 잊을 수 없었다.

그래서 제멋대로라도 감정을 마음껏 표현하는 백원이 오히려 부럽기까지 했다.

'질투……?'

영귀는 속으로 허탈하게 웃었다.

짐승은 사람의 감정에 예민하니까, 그래서 백원이 유독 영귀를 경계하는지도 몰랐다.

영귀는 심호흡을 했다. 자신의 본분을 잊으면 안 된다.

이제는 나살돈의 주인으로서 진자강을 모셔야 한다.

가장 가까운 데에서 진자강과 함께할 수 있다는 것만으로도 만족해야 한다.

평생 동안. 결코 가까이 할 수 없는 만큼의 거리를 두고.

섭섭하고 서글픈 기분을 감추며 영귀는 진자강의 뒷모습을 바라보았다.

* * *

진자강은 악산으로 방향을 잡았다.

악산은 아미산에서 백 리 거리에 있는 큰 마을로 민강의 지류가 흘러 물류의 이동이 발달한 곳이다.

경공으로 한 시진이면 충분히 닿고도 남는 거리.

거기에 왕웅이 운영하는 민상의 악산 지부가 있었다.

악산에 도착하자 진자강은 백원을 봇짐 안에 넣었다. 갑갑했는지 백원이 봇짐을 비집고 고개를 내밀었다.

"가만히 있거라. 남의 눈에 너무 뜨이니까. 필요할 때 부를 테니, 그때 나오도록 해."

백원이 입술을 삐죽 내밀고 사람처럼 툴툴거리다가 영귀를 째려보았다. 그러곤 고개를 쏙 집어넣었다.

진자강과 영귀는 악산 시내로 들어섰다. 악산의 거리에는 많은 사람들이 오가고 있었다.

도강언의 수리 시설 덕분에 홍수의 피해를 거의 보지 않았는데도 묘하게 분위기가 경직된 느낌이 들었다. 사람들이 괜히 죄지은 것처럼 남들의 눈치를 살피며 빠르게 걷고 있었다.

심지어 보통 사람들뿐 아니라 무인들로 보이는 몇몇들도 마찬가지였다. 모두 칼을 차고 주위를 두리번거리며 긴장한 기색이 역력했다.

진자강이 그들을 지켜보며 생각에 잠겨 있다가 지나가던 한 명을 불렀다.

"말씀 좀 묻겠습니다."

"아이, 깜짝이야!"

허리에 칼을 찬 청년이 화들짝 놀라서 고개를 마구 돌리다가 진자강을 보고 한숨을 내쉬었다.

"놀랐잖아. 뭡니까?"

"악산의 분위기가 심상치 않은데, 무슨 문제라도 있습니까?"

청년이 진자강과 영귀를 한 번씩 보더니 말했다.

"세상 돌아가는 소식에 영 늦은 분들이시구만. 요즘 하도 강호가 흉흉해서 언제 등 뒤에서 칼을 맞을지 몰라 다들 조심하는 거요."

"흉흉하다니요?"

"허…… 이거 영 물정을 모르네."

청년이 더 말을 하지 않고 인상을 쓰자, 영귀가 눈치 빠르게 은전을 쥐여 주었다. 청년을 은전을 주머니에 넣으며 말을 이었다.

"사방에서 아주 난리도 아니요. 자고 일어나니 어제까지 한솥밥을 먹던 놈이 배신을 하고…… 형 아우 하던 놈들이 뒤통수를 치고……. 그러니 분위기가 흉흉하지 않을 수 있겠소?"

"이 근처에는 아미파가 있지 않습니까. 아미파가 있는데도 그런 일들이 벌어진단 말입니까?"

"아미파는……."

청년이 목소리를 낮추었다.

"아미파도 내부에서 독을 풀고 난리가 났소이다. 근데 뭐 아미파뿐인가? 무당파고 남궁세가고 내로라하는 문파들 죄다 난리요. 그러니 작은 데는 더 말할 것도 없지. 악산에서도 크고 작은 문파들이 모두 뒤집어졌소. 아주 개판도 이런 개판이 없어. 우리도…… 흠."

영귀가 은전을 더 쥐여 주었다.

"나는 문파가 아니라 도장에 있는데, 심지어 거기서도 사범 대리가 사범을 내치고 도장을 차지했소. 그리고 사범을 따르던 제자들을 찾아내 족치고 있지. 나도 있는 재물 다 처분해서 조만간 악산을 뜰 거요. 어디 조용한 데 가서 살다가 나중에 잠잠해지면 도장이라도 차릴까 하고."

청년은 돈을 준 것이 고마웠는지 약간의 조언도 잊지 않았다.

"보아하니 무림인은 아닌 모양인데 어디 휘말리지 않게 조심하시오."

청년이 고개를 절레절레 내저으며 떠나갔다.

"이거 원, 도리고 뭐고 다 땅에 떨어져서 누가 적이고 동지인지 알 수가 없는 세상이야. 이제는 누굴 믿고 살아야 할지…….”

진자강은 청년의 말을 곱씹었다.

적도 아군도 알 수 없는 불신의 세상…….

아귀왕은 이런 말도 안 되는 세상을 만들어 어떤 이익을 보려 하는 것인가.

진자강이 기다리는 영귀를 보며 고개를 끄덕였다.

“가죠.”

진자강은 왕웅의 장원을 찾아갔다.

중심가에서 조금 벗어난 곳, 산을 병풍처럼 뒤에 끼고 웅장하게 자리 잡은 장원이 있었다.

그런데 장원으로 가던 도중 갑자기 백원이 진자강의 봇짐에서 고개를 내밀었다.

그러더니 쓱 튀어나와서 먼저 장원을 향해 달려가기 시작했다.

그러곤 장원의 담을 훌쩍 넘어가 버렸다.

영귀나 진자강이 말릴 틈도 없었다.

영귀는 고개를 흔들었다.

“정말로 말을 안 듣는 녀석이네요.”

진자강도 쓴 미소를 머금었다.

“사람이 아니라서 다행이군요.”

저렇게 제멋대로 행동하는 게 사람이라면 더 짜증이 날 터였다.

하지만 영귀가 반문했다.

“사람이 아니니까 더 긴장하셔야 되는 거 아닙니까?”

“예?”

진자강과 영귀의 눈빛이 교차했다.

“왠지 다른 말을 하고 있는 것 같습니다만.”

“네. 사모님을 염두에 두면 다른 얘기가 되죠.”

“…….”

진자강은 말없이 장원으로 향하다가 문득 걸음을 멈추었다.

진자강이 바닥을 내려다보았다.

바닥에 남은 흙먼지들의 자국을 살펴보았다. 수레바퀴가 지나간 자국, 말과 노새의 발자국, 사람들의 발자국.

진자강이 아차 싶은 표정을 지었다.

영귀가 물었다.

“왜 그러십니까?”

진자강이 미간을 찌푸렸다.

“장원으로 들어간 자국은 있는데 나간 자국이 없습니다.”

영귀도 그제야 ‘아!’ 하고 주위를 둘러보았다.

인적이 너무 느껴지지 않는다. 저 큰 장원으로 향하는 사람이 진자강과 영귀 둘뿐이다.

대문 앞에서 걸음을 멈춘 진자강의 표정이 굳었다.

피비린내가 풍겨 왔다.

진자강과 영귀보다 한발 빠르게 이 장원에 온 자가 있는 것이다.

"아미산에서도 살인멸구를 하려 했던 자들이었는데, 너무 방심한 것 같습니다."

영귀가 긴장하며 단검을 꺼내 들고 조심스럽게 앞으로 나아갔다.

아니, 나아가려 했다.

안에서 비단옷을 입은 한 사람이 비척비척 걸어 나왔다. 몸에 피가 잔뜩 튀어 있고 완전히 얼이 나간 얼굴이었다. 진자강과 영귀를 보고도 멍하게 걷다가 앞으로 고꾸라졌다.

주르르.

함몰되어 있던 뒤통수에서 피가 흥건하게 흘러나왔다.

영귀가 다가가 그의 옷을 뒤져 호패를 찾아냈다. 무림인들은 호패를 잘 들고 다니지 않지만 상인들은 반드시 지니고 다닌다.

영귀는 진자강에게 호패를 보여 주었다.

"이자가 왕웅입니다."

순간 장원으로 들어간 백원이 크게 울부짖었다.

캬아아아!

진자강과 영귀는 튀듯이 대문 안으로 뛰어 들어갔다.

안쪽 대문의 위쪽 기둥에 매달린 백원이 고슴도치처럼 온몸의 털을 바짝 세운 채 경계하고 있는 모습이 보였다.

부서진 마차와 수레, 말과 사람의 시체가 곳곳에 널브러져 있었다.

그리고 그 가운데에서 키가 큰 남자 한 명이 등을 보이며 서 있었다. 전신에 피 칠을 한 자였다.

그가 서서히 고개를 돌렸다.

냉막한 표정인데 오른쪽 눈구멍이 뻥 뚫려 있었다.

그가 진자강을 보고 입꼬리를 추켜올리며 웃었다.

카아아아아!

백원이 경계하며 크게 울부짖었다.

진자강은 그를 알아보았다.

"마흘!"

무림총연맹 귀주 지부에서 만났었던 것이다.

진자강이 영귀에게 말해 주었다.

"광명정사, 아니 지금은 현교의 교주가 된 야율환의 수하입니다."

마흘의 하나밖에 없는 눈이 살기로 번들거렸다.

"건방진 애송이 놈. 감히 교주의 성스러운 존명(尊名)을 함부로 입에 담다니. 성화에 불타 죽고 싶은가."

"성화라면, 얼마 전에 이미 꺼 버린 적이 있습니다."

마흘의 눈이 더 커졌다.

성화가 타오르는 철기는 화엄라사의 독문병기다.

"네놈이 화엄라사를 죽였다 이거지?"

진자강에게서도 살기가 뿜어지기 시작했다. 따뜻한 날씨에 갑자기 겨울의 동풍(凍風)이 불어오는 것처럼 마흘의 팔에 소름이 돋았다.

마흘이 흠칫했다.

"이놈. 예전보다 많이 강해졌구나."

진자강이 살기를 풀풀 풍겨 내며 마흘에게 물었다.

"현교가 이들의 뒤에 있었던 겁니까?"

"뭐라고? 소금을 탈취한 건 너희 당가인데 왜 우리 현교더러……."

그때 안쪽에서 웅후한 목소리가 들려왔다.

"들여보내라."

마흘이 말을 하려다 말고 멈칫하더니 옆으로 비켜섰다.

"들어가라."

진자강이 손을 앞으로 뻗었다.

번쩍!

섬절로 침 한 자루가 마흘의 미간으로 번개처럼 날아갔다. 마흘이 고개를 틀어 아슬아슬하게 피했다. 진자강이 던진 침이 뒤쪽 벽을 뚫고 들어가 보이지도 않게 깊이 박혔다.

마흘의 표정이 일그러지며 하나밖에 없는 눈에 분노가 어렸다.

진자강이 손을 회수하고 태연하게 말했다.

"대답하십시오. 물어봤으니 대답은 듣고 가야지 않겠습니까."

마흘은 눈을 치켜뜨고 진자강을 향해 살의를 드러냈다가 입을 꾹 다물었다.

"그분께서 기다리신다."

영귀가 옆에서 진자강을 말렸다.

"함정일지도 모릅니다!"

마흘의 이마와 머리에 소름 끼치도록 핏줄이 불거졌다.

"함정이라니. 감히 누구에게…… 사지가 찢겨 죽고 싶으냐!"

그때 갑자기 엄청난 살기가 장원을 뒤덮었다.

진자강과 영귀의 몸을 검은 그림자가 뒤덮었다. 둘이 하늘을 쳐다보았다.

집채만 한 전각의 지붕이 통째로 하늘에 떠 있었다!

진자강과 영귀, 백원이 뒤로 급히 뛰어 피했다. 전각의 지붕은 대문을 무너뜨리며 거의 파묻다시피 엎어졌다.

쿠와아아아아앙!

흙먼지가 피어오르고, 기와들이 와르르 쏟아졌다.

영귀는 눈이 따끔거려서 손으로 앞을 가리고 있었지만 진자강은 눈을 똑바로 뜨고 한 번 깜박이지도 않은 채 앞을 노려보았다.

무너진 대문과 그 위에 쏟아진 전각 지붕의 위로 한 명이 사뿐히 내려앉았다.

그가 우뚝하니 서서 진자강을 내려다보았다.

장포를 입고 머리는 상투를 틀어 끈으로 묶은 평범한 모습이었으나, 몸 전체에서 풍겨 나오는 기운은 가히 가공할 만한 것이었다.

진자강도 예전보다는 많이 달라졌지만, 그 역시 마찬가지로 달라졌다.

현교 교주, 야율환.

교주라는 이름이 어울릴 만큼의 기세를 물씬 풍기고 있었다.

야율환이 지붕의 잔해 더미 위에서 진자강을 보며 씩 웃었다.

"오랜만이구나, 꼬마야."

진자강이 야율환을 올려다보며 물었다.

"왜 멀쩡한 문을 놔두고 집을 부수며 다니십니까? 대낮에 지붕을 타고 다니는 걸 보니 멀쩡한 분은 아니신 모양입니다."

야율환의 웃음이 진해졌다.

—참 이상한 놈이로구나. 왜 잠기지도 않은 문의 자물쇠를 괜히 망가뜨리느냐. 한밤중에 열쇠도 없이 자물쇠를 자르고 들어온 걸 보니 멀쩡한 놈은 아니구나.

그것은 예전에 진자강이 귀주 지부의 감옥 문을 자르고 들어왔을 때, 그 광경을 보고 야율환이 했던 말이었다.

진자강이 그대로 야율환의 말을 돌려준 것이다.

야율환이 대답했다.

"들어오라 하였는데 오지 않으니 내가 나오지 않았느냐."

"사람이 나이가 들고 높은 자리에 앉으면 참을성이 많아

진다는데, 노인장은 다른 모양입니다?"

하하하하! 크하하하하!

야율환이 웃었다.

교주가 되니 참을성이 더 없어지더구나! 참을 필요가 없으니까!

웃음소리가 장원을 쩌렁쩌렁 울렸다.

우르르르르. 잔해들이 떨어 댔다.

영귀는 내공을 끌어 올리고도 방비를 못 해 주춤 물러났고, 백원은 실핏줄이 터져서 한쪽 눈이 새빨개졌다.

진자강도 영향을 받았다. 내공이 들쑥날쑥 날뛰며 갑자기 겁살마신이 튀어나오려 했다. 아무래도 뿌리가 같은 무공을 갖고 있다 보니 겁살마신이 반응하는 모양이었다.

진자강의 내부에서 겁살마신이 미친 듯 비명 같은 귀곡성을 질러 댔다.

끼아아아아! 끼아아아!

진자강은 머리가 터지는 것 같아서 인상을 찌푸렸다. 들끓는 내공을 가라앉히며 말했다.

"참는 법을 다시 배워야 될 겁니다. 할 얘기가 제법 있을 테니 말입니다."

푸하아아아!

잔해를 뚫고 튀어나온 마흘이 먼지투성이가 된 채 고함을 질렀다.

"이 애송이 놈! 감히 교주께 무슨 말버릇이냐! 혀를 천 갈래로 찢어 줄까!"

야율환이 마흘을 향해 손가락을 뻗었다.

찍!

쥐가 우는 듯한 소리가 나며 날카로운 지풍이 마흘을 향해 날아갔다.

떠엉! 쇠를 두드리는 소리가 나며 마흘이 지풍을 가슴에 맞고 나뒹굴었다. 마흘이 잔해 위에서 바닥까지 데굴데굴 굴러서 떨어졌다.

"쯧. 끼어들 때 끼어들라 하지 않았느냐."

마흘이 고개를 흔들어 털며 무릎을 꿇었다.

"죄송합니다, 교주!"

영귀는 방금의 광경을 보고 안색이 변했다.

쥐 울음소리가 나는 지풍은 현교의 정뢰극지다. 두꺼운 철판을 종잇장처럼 뚫는 상승무공이다. 그런데 저 정뢰극지를 아무렇지 않게 사용하고, 맞고도 멀쩡하게 일어나는 모습은 가히 공포스럽기까지 했다.

야율환이 잔해 위에 걸터앉아 마흘에게 명령했다.

"차를 가져오너라."

"예!"

마흘은 흙먼지를 털고 안쪽으로 들어갔다.

야율환이 웃으면서 진자강에게 물었다.

"민강에서는 우리 교도들이 빚을 졌다지."

"딱히 빚진 건 없습니다. 내가 다 죽여서."

야율환의 웃음이 비틀렸다.

진자강이 물었다.

"노인장은 왜 여기에 와 있습니까. 꼬리를 자르러 온 겁니까?"

"꼬리를 잘라? 그건 너무 나를 하찮게 보는 물음이로구나."

야율환이 발을 굴렀다.

콰르르르르르르!

잔해들이 무너지며 바닥이 꺼졌다.

야율환은 가볍게 땅으로 내려섰다.

"본좌를 기만한 자들을 찾고 있는 중이다."

"무슨 뜻입니까?"

"본좌를 기만한 자들이 셋 있다."

야율환이 손가락을 들어 하나씩 접으며 말했다.

"우리를 끌어들여 이용하려 한 해월! 해월을 치는 대신 포교 활동을 돕기로 약조한 뒤 도망가 버린 금강천검! 그리고……."

야율환이 세 번째 손가락을 접었다.

"오도절명단을 미리 빼돌려 본좌를 농락한 놈."

"그게 왜 노인장을 농락한 것입니까. 염왕을 농락했으면 농락한 것이지."

진자강이 말하다가 말고 조소를 지었다.

"아아, 농락이라고 볼 수도 있겠군요. 중간에 소금과 오도절명단을 빼돌려 자신이 독점하려 했는데, 이미 다른 사람이 빼돌린 지 한참 됐다는 걸 알게 됐으면 말이지요."

"본좌는 남의 손에서 놀아나는 걸 싫어한다. 세 치 혀와 조막만 한 뇌로 나를 장기판에 올려놓아 말처럼 썼으면, 죽어 마땅하지."

"그리고 나서 아귀왕이 만들어 놓은 대계(大計)를 그대로 집어삼키고 말이지요?"

야율환이 대답 없이 웃었다.

"그렇다면 적어도 아미산에 독을 푼 건 현교가 아니라고 알아도 되겠습니까?"

"아미파 따위를 접수하기 위해 독을 쓸 이유가 있겠느

냐."

진자강은 고개를 끄덕였다.

"그렇다면 누가 독을 풀었는지 알아내기 위해 이곳으로 온 것일 테고……."

진자강이 잔해에 파묻혀 보이지도 않는 왕웅의 시체 쪽을 보았다.

"이미 원하는 바를 얻으신 듯도 합니다. 하면 이제 이 장원에서 아미산에 들어간 오도절명단의 출처를 알고 있는 건……."

진자강이 고개를 들어 야율환을 쳐다보았다.

"노인장뿐이고 말입니다?"

야율환의 입꼬리가 올라갔다.

진자강의 도발적인 말투에 담긴 의미를 모를 리 없었다.

하나 야율환은 진자강을 몰아붙이지 않았다.

"조금 전, 네 안의 광후(狂吼)를 들었다."

"귀가 밝으시군요."

"본 교의 천년 역사 속에서도 뇌부의 귀신을 잠재운 이는 열 명이 채 되지 않았느니라. 하나같이 교의 역사에 이름을 남긴 절대고수가 되었지. 비록 합마공의 구결이 포함되어 있다 해도 뇌부의 귀신을 잠재운 너는 내 앞에서 거만할 자격이 있어 마땅하다."

"칭찬이라면 잘 받겠습니다."

"본좌는 감옥에서 처음 만났을 때부터 네가 어떤 성격인지 알고 있었다. 그때 우리는 꽤 좋은 거래를 했을 게야."

"나쁜 거래는 아니었습니다. 다만 노인장은 내게 빚을 졌지요. 본인의 출두를 알리기 위해 나를 이용했으니까."

"그렇다. 부인하지 않겠다. 그래서 나는 네게 진 빚을 이 자리에서 바로 갚고, 거기에 한 가지 거래를 더 제안할 생각이다."

"내가 지금 필요한 건 하나밖에 없습니다만."

"바로 그걸 알려 주겠다."

영귀가 놀라서 진자강을 쳐다보았다.

설마 오도절명단의 유출 경로를 알려 주겠다는 뜻인가!

진자강은 신중하게 물었다.

"거래 내용을 듣고 나서 결정해도 됩니까?"

"빚은 빚이고, 거래는 거래다."

그때 폐허가 된 장원 안에서 마흘이 먼지를 뒤집어쓴 채 차를 가져왔다.

야율환이 다시 마흘을 시켰다.

"지필묵을 가져오너라."

"예!"

마흘은 공손히 차를 놓고 다시 장원으로 뛰어 들어갔다.

야율환이 느긋하게 차를 마시는 동안 마흘이 금세 지필묵을 찾아 나왔다.

야율환은 마흘의 등에 종이를 대고 몇 글자를 썼다. 그러곤 쓴 종이를 접어서 잔해 속에서 튀어나온 부러진 기둥에 대고 붓을 송곳처럼 박아 넣어 고정시켰다.

야율환이 종이를 가리키며 말했다.

"시키는 대로 물건을 배달하였을 뿐이다. 물건은 '그곳'에서 나왔다……, 죽은 놈이 한 말이다. 이 종이에 거기가 어디인지 적어 놓았다."

"그 하나를 알기 위해 사람을 죽이고, 이곳을 이렇게 엉망으로 만들었습니까?"

"그럼 너는 저들이 물어보면 순순히 대답해 줄 거라 생각한 것이냐? 상인들이 얼마나 지독한지 모르는구나! 사람들은 사파나 마교가 세상에서 가장 악랄하다 하지만 상인들은 그보다 더하다."

야율환이 너털웃음을 터뜨렸다.

"그들에게는 선악이 없다. 돈 한 푼 때문에 사람을 속이고 동료를 밀고한다. 부모를 독살하고 처자식을 팔아먹는다. 손해를 보기 싫어서 미련하게 자신의 목숨을 내버리기도 하는 놈들이다."

야율환은 진자강을 비웃었다.

"너는 잘 모를 것이야. 너뿐 아니라 다른 무림인들도 마찬가지다. 그저 칼 한 번 들이대면 어디서든 돈이 나오는 줄 아니, 돈 귀한 줄 모르고 상인들이 그 돈을 벌기 위해 얼마나 지독하게 구는 줄도 모른다. 그런데 이 정도의 힘도 쓰지 않고서 원하는 바를 얻을 수 있을 것 같으냐? 네가 왔더라도 별반 다르지 않았을 것이다."

진자강이 잠시 야율환을 바라보다 수긍했다.

"알겠습니다. 노인장이 그렇게 생각하고 있다면 내가 간섭할 바는 아닌 듯합니다."

"좋다."

야율환은 미소를 지으며 차를 마셨다. 빈 잔은 던져서 깨버렸다.

"단도직입적으로 말하마."

지켜보던 영귀가 다 긴장이 되어 내공을 끌어 올리고 만반의 준비를 했다. 만일 얼토당토않은 조건을 걸게 된다면 그 즉시 싸움이 벌어지게 될 수도 있다.

긴장한 가운데 야율환이 툭 내던지듯 진자강에게 말했다.

"당가에서 가져간 소금을 내놓아라."

야율환의 제안을 들은 진자강의 눈이 가늘어졌다.

의외의 제안이었다.

잠시 생각한 진자강이 대답했다.

"그건 내가 결정할 일이 아닙니다."

"본좌를 무르게 보지 마라. 네가 할 수 있음을 알기에 제안한 것이다."

마흘이 옆에서 윽박질렀다.

"애송이 놈! 교주님께서 깊고 넓은 마음으로 은혜를 베풀려 하시거늘, 감히 얘기를 모두 듣지도 않고 거절부터 하느냐!"

마흘의 말이 이번에는 일리가 있었다.

"그렇군요. 그럼 내가 얻을 수 있는 게 무엇인지 말씀해 주시겠습니까?"

야율환이 말했다.

"사천에 본 교의 지회(支會)를 열겠다."

듣고 있던 영귀가 다 어이가 없어 외쳤다.

"말도 안 되는 소립니다! 소금도 건네고 현교의 지회까지 사천에 들어오게 양보해야 된다니요!"

야율환이 영귀를 향해 손가락을 들었다. 웅웅거리며 내공이 들어찬 노한 목소리가 튀어나왔다.

"누가 끼어들라 했는가? 계집."

쯧! 정뢰극지가 발출되었다. 영귀가 단검을 들어 막았다. 동시에 진자강이 영귀의 앞에 자신의 손을 내밀었다.

정뢰극지의 지풍이 살짝 옆으로 비켜나갔다.

퍽!

비껴간 지풍은 영귀의 단검 끄트머리를 간단히 뚫고 바닥에 동그란 구멍을 만들며 사라졌다.

진자강이 얼얼한 손을 흔들어 털었다. 맞은 건 손바닥인데 손등에 퍼렇게 멍이 들었다. 얼마나 지풍이 강했는지 맞으면서 피가 뒤로 쏠려 생긴 것이다. 내공이 부족했으면 손바닥에 구멍이 뚫리고도 남았을 터였다.

그 증거로 영귀가 든 단검의 끝에 원형의 구멍이 나 있었다. 진자강의 손에 부딪쳐 힘이 떨어지고도 낸 구멍이었다.

백원이 옆에서 난리를 쳤다.

까아악! 까악!

진자강이 야율환을 보고 말했다.

"좀 참으십시오. 거래를 관두고 싶습니까?"

"결정하였느냐?"

영귀가 놀라서 식은땀을 흘리면서도 소리쳤다.

"안 됩니다!"

진자강이 말을 고르며 영귀에게 말했다.

"현교는 교세 확장을 위해 자금이 필요합니다. 그래서 우리가 회수한 소금을 원하는 겁니다."

"하지만 소금을 넘기게 되면 지금 돌고 있는 소문에 확증을 더하게 됩니다! 그렇게 되면…… 당가뿐만 아니라 독문 사벌과 아미파까지 끝장입니다."

도강언의 소금 선단 사건.

워낙 복잡하게 얽힌 사건이라 세간에는 현교니 북천 사파니 모조리 끼어들어 소금을 서로 탈취하려 싸웠다고만 알려져 있었다. 물론 해월 진인이 현교를 끌어들였다거나, 당가에서 모종의 음모를 숨기려 배를 회수한다는 얘기도 더불어 돌았다.

당가에서는 고의적으로 정확한 응대를 하지 않았다. 심지어 당가가 현교와 결탁했다느니 북천 사파와 손을 잡았다느니 헛소문이 나도 대응하지 않았다.

구구절절 설명하여 자꾸만 인구(人口)에 회자되느니, 차라리 강호의 혼란을 틈타 입을 닫고 있는 전략을 택했다.

무엇보다 사실을 말하는 의미가 없었다. 강호의 대협객으로 알려진 백리중이 현교와 손을 잡았다는 사실을 누가 믿겠는가. 오히려 백리중은 가난한 이들을 위해 소금을 나눠 주려 했던 사람인데 말이다.

영귀가 재차 물었다.

"그리고 상인들이 피해 본 양 만큼을 배상해 주기로 한 건 어쩌구요!"

야율환이 혀를 찼다.

"멍청한 계집. 이것은 본 교가 아니라 당가에 이익이 되는 일이다."

야율환은 부러진 기둥에 박아 넣은 종이를 손바닥으로 툭툭 쳤다.

"왕웅이란 놈에게 오도절명단이 어디서 왔는지 들었다고 했다. 그 후에 네게 제안한 것이다. 무슨 뜻인지 알겠느냐?"

"그건……!"

진자강이 영귀 대신 나섰다.

"설마 노인장은 당가의 힘으로도 배후를 건드리기 어렵다고 보는 겁니까?"

"저들의 조직은 매우 공고하고 생각보다 깊이 뿌리박혀 있다. 직접 확인하거라. 다만."

야율환의 표정이 진지해졌다.

"최악의 경우라도, 우리가 사천에 들어와 있으면 사천은 구할 수 있다. 손을 떼어라. 그리고 당가대원에서 조용히 기다리고 있거라. 우리 현교가 당가의 방패가 되어 줄 것이다."

무림 문파와 교단(敎團)은 그 성질이 완전히 다르다. 문파에는 소수의 제자가 있을 뿐이지만, 교단은 민간으로 파고들어 수천수만의 교도와 추종자를 만들어 낸다. 그 자체로 훌륭한 방파제가 되는 것이다.

진자강이 되물었다.

“내가 손을 떼면…… 그사이에 노인장은 아귀왕을 먹어 치우고 그들의 계획을 흡수하여 강호를 손에 넣으려는 것이겠지요?”

야율환의 입가에 스산한 미소가 자리했다가 진자강의 대답을 듣곤 딱딱하게 굳었다.

“거절하겠습니다.”

“이유는?”

“지회 정도가 아니라 사천에 전진 기지를 만들 생각인 거잖습니까. 본격적인 중원 진입의 거점으로.”

“당가에는 아무런 피해가 없다고 해도 말이냐?”

이번엔 진자강이 야율환을 비웃었다.

“이교도가 자기 집 앞마당에 집을 짓고 마음대로 포교하겠다는데 그걸 허락하는 바보도 있습니까?”

이교도란 말에 야율환의 눈빛은 싸늘해졌고, 마흘은 뒤에서 씩씩거리며 분기탱천했다.

야율환이 냉막한 눈으로 진자강을 내려다보았다.

“이것으로, 우리 사이의 빚은 청산되었다.”

“어디 가십니까?”

“더 이상 내게 인내와 자비를 요구하지 말거라.”

야율환이 소리쳤다.

"마흘!"

마흘은 허리를 숙이고 양팔은 늘어뜨린 채 고개를 하늘로 들고 포효했다.

"크아아아아!"

진자강의 뒤에서는 백원이 송곳니를 드러내며 마주 울부짖었다.

캬아아아!

마흘은 눈을 치켜뜨고 입이 찢어져라 웃으며 발을 굴렀다. 다음 명령을 기다리며 초조하게 몸을 들썩였다.

야율환이 명령했다.

"날뛰어라."

순간 마흘이 땅을 박차며 진자강에게 달려왔다.

마흘의 앞을 영귀가 가로막았다.

"이자는 제가 막겠습니다!"

"어딜?"

마흘은 크게 숨을 들이쉬며 거푸 쌍장을 쏟아 냈다.

콰아아아!

무지막지한 위력의 장력이 다발로 날아왔다. 영귀가 몸을 낮춰 피했다. 빗나간 장력에 맞은 대문의 잔해들이 순식간에 부스러지며 퍽퍽 흙먼지를 피워 냈다.

영귀가 바닥을 기면서 마흘의 정강이를 베었다. 마흘이 양팔을 위로 치켜들어서 두 주먹으로 영귀를 내려찍었다. 그때 백원이 마흘의 머리 위로 날아올라 발톱을 휘둘렀다. 마흘의 이마에 세 줄의 혈흔이 남았다.

삭! 동시에 영귀도 마흘의 정강이를 살짝 베고 빠르게 몸을 굴렸다. 마흘의 양 주먹이 영귀가 있던 자리에 꽂혔다. 땅이 그대로 뭉개지며 흙더미가 치솟았다. 백원이 마흘의 어깨를 뒷발로 올라타 앞발로 얼굴을 마구 휘저었다. 마흘의 얼굴이 금세 피투성이가 되었다. 마흘이 백원의 꼬리를 잡고 냅다 바닥에 내팽개쳤다.

쿵! 백원이 등이 으스러져라 부딪쳤다. 마흘이 백원을 걷어찼다. 백원은 몸을 돌려 네 발로 달아났다.

마흘은 백원을 놓치자 베인 다리를 들어 올려선 정강이의 상처를 입으로 빨아 뱉었다.

"퉤."

단검에 묻어 있던 독을 빨아 낸 것이다.

"히히히!"

얼굴이 피투성이가 되었으나 조금도 신경 쓰지 않는 모습이었다. 그래 봤자 그의 몸에 난 수많은 흉터 중에 하나가 더 늘어날 뿐이다.

그사이 진자강은 역잔영 혼신법으로 마흘을 지나쳐 야율환에게로 날아갔다.

야율환은 벌써 몸을 돌려 장원을 떠나려 하고 있었다. 진자강은 혼신의 힘을 다해 야율환의 등에 일장을 때렸다. 야율환이 상체만 돌려 진자강의 장을 팔뚝으로 막았다.

퍼억!

야율환이 손목을 빙글 돌려 진자강의 팔을 잡았다.

진자강은 한 손을 내준 채 왼손에서 천지발패로 독침을 뽑아냈다. 그러곤 독침을 야율환의 겨드랑이에 찌르려 했다.

그런데…….

짤랑.

독침이 떨어졌다.

손에서 힘이 빠졌다.

"……!"

야율환이 싸늘하게 웃었다.

동시에 야율환의 손이 빠르게 움직여 진자강의 정수리를 쳤다.

내공을 담아 뭉갤 정도로 때린 것이 아니다.

타악.

그런데도 진자강의 몸에는 전율이 흘렀다.

찌르르르!

일순간 몸이 정지되었다.

야율환이 진자강의 가슴에 일장을 날렸다.

으지직!

천년귀갑이 으깨졌다.

야율환은 진자강이 안에 보호갑을 입고 있다는 걸 알고 손을 거두었다. 이 정도면 충분히 타격을 주었다고 생각한 모양이었다.

진자강의 몸 안에서는 북을 치는 것처럼 계속해서 진동이 울렸다.

터터텅! 텅! 텅!

정수리에서부터 손바닥의 기이한 장력이 파고 들어와 진자강의 내부를 흔들어 댔다.

양팔이 모두 덜덜 떨려 오는 것으로 시작하여 곧 온몸이 무기력해졌다.

버틸 수가 없었다. 진자강은 무릎까지 꿇었다.

털썩.

야율환이 손을 놓았다.

진자강의 무기력함이 눈 녹듯 사라졌다.

으드득.

진자강이 무릎을 꿇은 채 이를 갈면서 힘을 끌어 올렸다.

"나와라, 겁살마신!"

하지만 진자강의 내공은 고요했다. 야율환이 손을 떼었음에도.

실로 당황스러운 노릇이 아닐 수 없었다.

이건 마치…….

민강에서 백리중의 겁살마신이 숨을 죽이고 피할 때와 비슷하지 않은가!

"청성파가 왜 여타의 도문과 달리 잔혹한 수법이 발달하였는지 아느냐? 중원과 서역을 잇는 관문으로 양쪽의 영향을 모두 받았기 때문이다."

야율환이 무릎을 꿇은 진자강을 내려다보며 말했다.

"청성파의 무학 근간은 복마(伏魔), 제마(制魔), 항마(降魔)로써 소혼(召魂), 귀생(鬼生), 양마(養魔)에 대응하는 것이다. 그것은 마귀를 불러일으켜 한계를 극복하는 서역 무학을 상대하기 위한 법."

진자강은 눈을 치켜뜨고 야율환을 올려다보았다.

"알겠느냐? 그 서역 무학의 뿌리가 바로 본 교다."

야율환이 위압적인 태도로 입술을 비틀며 말했다.

"태초에 선신(善神)이 있었고 그의 어둠에 악신(惡神)이 존재하였으니, 악신은 자신의 그림자에서 수억만의 마졸을 피조(被造)하였느니라."

야율환이 소리쳤다.

"본좌는 어둠이며 곧 악신이다! 네 안의 마졸은 본좌의 앞에서 설 수 없느니라. 앞에 나오는 순간 본좌의 그림자가 너를 집어삼킬 것이다!"

야율환은 팔광제에 올라 겁살마신을 굴복시킨 진자강보다 훨씬 더 높은 경지에 올라선 것이다.

구광제!

겁살마신이 나오지 않는 것도 당연하다.

진자강은 몸을 뒤로 굴려 일어섰다. 다시 한번 광혈천공으로 내공을 일으키려 했다. 야율환과 거리가 떨어져 있음에도 일순간 머리가 어찔해졌다. 겁살마신이 안으로 숨어들어 진자강의 몸을 잠식했다. 야율환에 대한 반항을 본능적으로 거부하고 있다.

진자강은 입술을 깨물어 피를 냈다. 잠깐 정신이 돌아왔다.

천년귀갑을 벗어던지고 손을 치켜들었다. 손가락 사이에 독침이 들렸다. 진자강은 스스로의 손으로 가슴과 복부를 긁었다.

쫘악! 살갗이 찢어지며 피가 튀었다.

순간 겁살마신이 꿈틀댔다. 진자강은 한 번 더 배를 긁었다. 배가 가로로 길게 찢어지며 피가 흘러나왔다.

"으으으아아아!"

진자강의 전신에 핏줄이 돋으며 멈춰 있던 기혈이 움직이기 시작했다.

꿈틀, 꿈틀!

진자강이 이를 악물고 잇새로 말을 내뱉었다.

"도(道)는 청하기도 하고 탁하기도 하며 동하기도 하고 정하기도 한 것이요, 근본에서 끝으로 멈추지 않고 흘러가며 만물을 일으키느니라!"

빠드득.

진자강은 부서져라 이를 갈며 손을 치켜들었다.

야율환은 미간을 찌푸렸다.

설마!

그 설마라는 느낌에 화답이라도 하듯 진자강은 자신의 옆구리를 손끝으로 찔렀다.

푸욱! 손가락이 두 마디나 옆구리를 파고들어 갔다.

끼아아아아!

진자강의 내부에서 마침내 겁살마신이 준동했다.

진자강이 옆구리를 찢으며 부르짖었다.

"들어라! 나는 꺾이지 않으니, 내가 너의 종이 아니라, 네가 나의 종이다!"

진자강의 몸에 온통 핏줄이 돋아났다. 기혈에서 미친 듯 내공이 돌았다. 그러나 내공이 빠르게 돌면 돌수록 옆구리에 뚫린 구멍에서는 피가 철철 흘렀다.

머릿속에서 겁살마신의 비명 소리가 연이어 들려왔다. 진자강은 피를 멈추지 않았다. 고통이 멈추면 겁살마신이 다시 안으로 숨어들 것이다!

야율환의 얼굴이 일그러졌다.

강자의 앞에서 움츠러드는 것은 자연스러운 일이다. 기세에 겁을 먹으면 내공이 움직이지 않듯 겁살마신도 마찬가지.

그런데 진자강은 공포에 질린 겁살마신을 억지로 끄집어내어 깨운 것이다. 제대로 내공이 제어가 되지 않아 내부를 파괴하며 마구 날뛰고 있었다.

불거진 핏줄들이 툭툭 터져서 실 피가 새어 나왔다. 진자강은 순식간에 온몸이 피로 흠뻑 젖었다.

실로 오랜만의 일이다. 내공이 미친 듯이 기혈을 팽팽 돌아 전신이 찢어지고 뼈가 빠개지는 듯한 고통이 찾아왔다. 제어가 되지 않는 광혈천공의 내공이 불러오는 지독한 고통.

하지만 진자강은 오히려 살기등등하게 야율환을 노려보았다.

야율환이 진자강을 가만히 지켜보다가 냉막한 얼굴로 손뼉을 쳤다.

짝, 짝, 짝.

"훌륭하다. 하지만 멀쩡한 몸으로도 나를 따라잡을 수 없을 것인데, 그 몸으로 어쩌겠다는 거냐."

멀쩡할 때에도 팔광제와 구광제만큼의 차이가 있었다.

그런데 옆구리에 구멍이 나고 내공도 제대로 제어하지 못하는 채로 어떻게 야율환 같은 고수를 이길 수 있단 말인가!

진자강의 입이 길게 웃었다.

진자강이 양손을 힘껏 부여잡았다.

그오오오오!

피로 물든 진자강의 얼굴이 더 붉게 달아올랐다. 얼굴뿐 아니라 전신에 열기가 감돌았다. 피가 어린 땀이 맺히고 머리에서 김이 피어올랐다.

진자강이 호흡을 크게 들이쉬며 맞잡은 양손에 더 힘을 주었다.

작열쌍린장!

"오오오오오!"

화르르륵!

진자강이 맞잡은 손을 떼자 열기가 터지듯이 수증기를 뿜어냈다. 피가 분무되어 새빨간 안개 무리를 일으켰다.

진자강의 혈독 수라혈.

그 수라혈이 작열쌍린장에 의해 수증기로 피어올라 독무(毒霧)를 불렀다. 진자강의 양팔과 상체 어림에 새빨간 피의 독무가 어렸다.

눈의 실핏줄까지 터진 진자강이 혈안을 하고 이를 드러내었다.

“내가 함부로 포교하지 말라고 했습니까, 안 했습니까?”

영귀는 백원과 함께 마흘을 상대하고 있었다.

영귀가 마흘의 뒤 오금을 걷어찼다. 마흘이 휘청거리자 백원이 달려들어 마흘의 등을 할퀴었다.

키아아악!

마흘은 등이 찢어지건 말건 영귀를 쫓아갔다. 바닥을 네 발로 기듯이 뛰어 영귀의 발을 잡으려 했다. 영귀가 뒤로 뛰면서 양발로 거푸 마흘의 얼굴을 밀어 찼다.

마흘이 영귀의 발바닥을 자신의 이마로 들이받았다.

펑!

타격은 없었지만 영귀는 갑작스러운 강한 힘에 중심이 흐트러져 나뒹굴었다. 마흘이 영귀의 가느다란 발목을 덥석 쥐었다. 영귀가 다른 발을 치켜들어 뒤꿈치로 마흘의 코를 가격했다.

빠악! 마흘의 코가 어긋나고 피가 터져 나왔다. 하지만 마흘은 끄떡도 하지 않았다.

백원이 뒤에서 마흘을 올라타고 앞발로 마흘의 얼굴을 잡아당겼다. 손가락으로 마흘의 뻥 뚫린 눈구멍을 후비기도 했다. 마흘이 고개를 숙였다가 뒤로 눕혀서 백원의 가슴을 뒤통수로 들이받았다.

쿠웅! 쿠웅! 몇 차례나 들이받았지만 원숭이의 팔은 사람보다 긴지라 백원은 용케도 떨어지지 않고 마흘의 머리에 들러붙어 있었다.

백원이 마흘의 눈을 가리며 방해했다.

"낄낄낄낄!"

마흘은 귀찮아하면서도 실성한 듯 웃어 댔다. 손을 뻗어 자신의 뻥 뚫린 눈구멍을 후비고 있는 백원의 앞 발목을 꽉 잡았다. 마흘의 손등에 힘줄이 돋았다.

우드득!

백원이 비명을 질렀다. 발목이 부러져 꺾였다.

끄아아아아!

백원이 마흘의 얼굴을 놓쳤다. 그래도 뒷발로 마흘의 목을 감고 끝까지 버텼다. 그 틈에 영귀가 마흘의 고간을 찼다.

마흘의 몸이 훅 하고 사라졌다. 마흘이 바로 뛰어오르며 영귀의 얼굴을 돌려찼다. 영귀는 마흘의 빠름을 감당하지 못하고 어깨를 돌려 막았다.

마흘의 발끝이 기이하게 틀어지며 영귀의 어깨를 찍었다.

뚝! 맞은 어깨가 빠졌다.

영귀는 고통 때문에 주저앉았다가 마흘이 자신의 머리카락을 틀어쥐자 온몸의 털이 곤두섰다. 즉시 소매에서 단검을 꺼내 마흘의 배에 박았다.

턱!

비수가 들어가지 않았다. 마흘도 진자강처럼 배와 가슴에 칼이 들어가지 않는 얇은 보갑을 입고 있었다.

마흘이 씩 웃으며 영귀의 머리카락을 잡아 일으켰다.

찌익. 영귀의 가짜 머리칼과 인피면구 일부가 찢겨 마흘의 손에 들렸다.

"으응?"

마흘이 깜짝 놀랐다. 영귀가 뒤로 누우며 바닥에 어깨를 부딪쳐 팔을 끼우곤, 양발로 마흘의 배를 걷어찼다.

"컥!"

마흘의 몸이 떠올랐다. 백원이 마흘에게서 떨어져 나갔다.

영귀는 거꾸로 제비를 돌아서 단검을 뽑아 든 후 마흘의 외눈과 인중을 연속으로 찔렀다.

핑, 피잉 핑!

마흘이 고개를 이리저리 돌려 영귀의 단검을 피한 뒤, 장을 뻗었다.

영귀가 뛰어올라 다리를 일자로 쫙 벌리며 장을 피했다. 마흘의 장이 부서진 잔해 더미를 박살 냈다.

콰앙!

영귀가 떠오른 채로 소용돌이처럼 몸을 돌려 마흘의 턱을 찼다. 마흘이 턱을 얻어맞으면서도 주먹을 휘둘러 영귀의 늑골을 쳤다.

우둑. 늑골이 대번에 부러졌다.

마흘은 두 걸음 정도를 휘청거린 후에 턱을 매만졌을 뿐이지만, 영귀는 부러진 늑골이 허파를 찔러 급격하게 숨이 가빠졌다.

마흘이 몸을 살짝 젖혔다가 앞으로 기울이며 연속으로 주먹을 날렸다. 영귀가 양팔을 겹쳐 주먹을 막았지만, 마흘은 아랑곳 않고 막은 위를 그대로 때렸다.

뻑 뻐억!

영귀의 팔이 튕겨지고 배와 머리를 연이어 얻어맞았다. 영귀는 잠깐 정신을 잃어 휘청거렸다가 구역질을 했다.

"우욱!"

"으흐흐흐."

마흘이 영귀의 원래 머리채를 잡고 고개를 들게 했다. 그러곤 너덜거리는 인피면구를 확 찢어 버렸다.

하나 바로 영귀의 맨 얼굴을 보고 인상을 썼다.

"윽. 뭐야 이건? 얼굴은 예쁘장한데 왜 코가 없느냐?"

영귀의 눈이 독기를 품었다. 영귀는 입안에서 혀를 굴려 혀 밑에 숨겨 두었던 작은 독침을 뱉었다.

풋! 마흘의 뻥 뚫린 눈구멍으로 독침이 들어갔다. 마흘은 영귀의 머리채를 잡은 채 손가락을 넣어 눈구멍 안에서 독침을 빼냈다.

"이런 못된 년."

마흘이 영귀의 복부를 몇 번이나 가격했다.

뻐억, 빽!

영귀가 몸을 움츠리며 배를 가리자 따귀를 때렸다.

철썩! 철썩!

금세 뺨이 부풀고 입술이 터졌다. 코와 입에서 피가 흘렀다. 머리를 붙들려서 피할 수도 없었다.

영귀의 팔다리가 늘어졌다.

마흘이 양손으로 영귀의 머리통을 붙들었다.

"두개골을 세로로 쪼개 죽여 주마!"

끼아악 끼악!

백원이 부러진 팔목을 흔들거리면서 마흘의 어깨에 올라타 머리를 마구 내려쳤다.

텅, 텅텅!

머리가 마구 흔들리는데도 마흘은 손에 힘을 빼지 않았다. 마흘의 손가락이 조금씩 영귀의 머리에 파고들었다.

"으아아아악!"

영귀의 비명이 찢어져라 울렸다.

그때 갑자기 마흘의 눈이 휘둥그레졌다.

마흘은 영귀고 백원이고 다 내던지고 몸을 날렸다. 백원도 쓰러진 영귀의 팔을 잡고 힘껏 달아났다.

퍼어어엉!

마흘이 있던 자리에서 새빨간 피 보라가 피어났다.

마흘이 놀라서 눈을 치켜뜨고 장력이 날아온 쪽을 쳐다보았다.

혈인이 된 진자강이 마흘에게로 손을 뻗고 있었다.

진자강은 금세 고개를 돌리더니 야율환을 쳐다보았다.

그러더니 훌쩍 발돋움을 해 야율환의 앞에 뛰어내렸다.

진자강은 독무를 두른 채 눈을 치켜뜨고 야율환을 아래에서 위로 올려다보았다.

진자강을 보는 야율환의 눈에서 살기가 뻗어 나왔다.

야율환의 손이 움직였다.

진자강도 동시에 움직여 야율환의 얼굴에 독무가 어린 일장을 날렸다.

〈다음 권에 계속〉

DREAMBOOKS★

DREAMBOOKS★